病院怪談
現役看護師の怖い話

宜月裕斗

※本書は体験者および関係者に実際に取材した内容をもとに書き綴られた怪談集です。体験者の記憶と主観のもとに再現されたものであり、掲載するすべてを事実と認定するものではございません。あらかじめご了承ください。

※本書に登場する人物名は、さまざまな事情を考慮してすべて仮名にしてあります。また、作中に登場する体験者の記憶と体験当時の世相を鑑み、極力当時の様相を再現するよう心がけています。今日の見地においては若干耳慣れない言葉・表記が記載される場合がございますが、これらは差別・侮蔑を助長する意図に基づくものではございません。

はじめに

医療の現場は、日々、数多くの命と向き合う場所です。患者さん一人ひとりに寄り添いながら、医療従事者たちはその命を支えるために懸命に働いています。中でも看護師という職業は、患者さんとの間に深い絆を育みながらも、心の奥底には、時に悲しみや慈しみといった複雑な感情を抱えていることも少なくありません。

そんな温かな医療の現場にも、ときとして不気味な影が忍び寄ることがあります。怪奇現象や説明のつかない出来事に遭遇することもあり、それらは体験した者にとって、決してフィクションではありません。

病院という空間は、治療や回復の場であると同時に、人生の終焉や未練が交差する、特別な場所でもあります。そこで語られる怖い話や不思議な体験の背後には、人間の深い感情や思いが静かに息づいているのではないか——私はそう感じています。

宜月裕斗

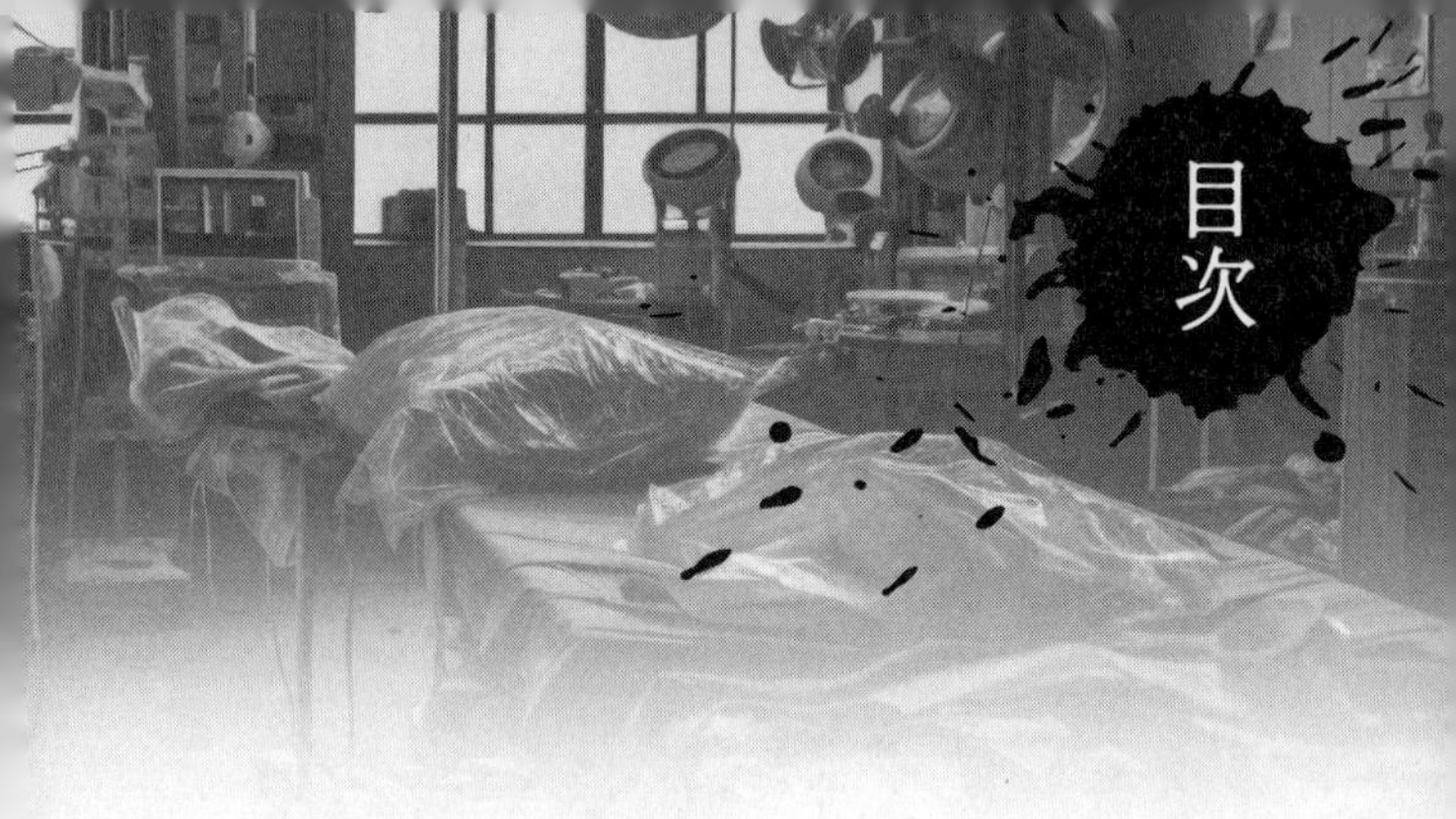

目次

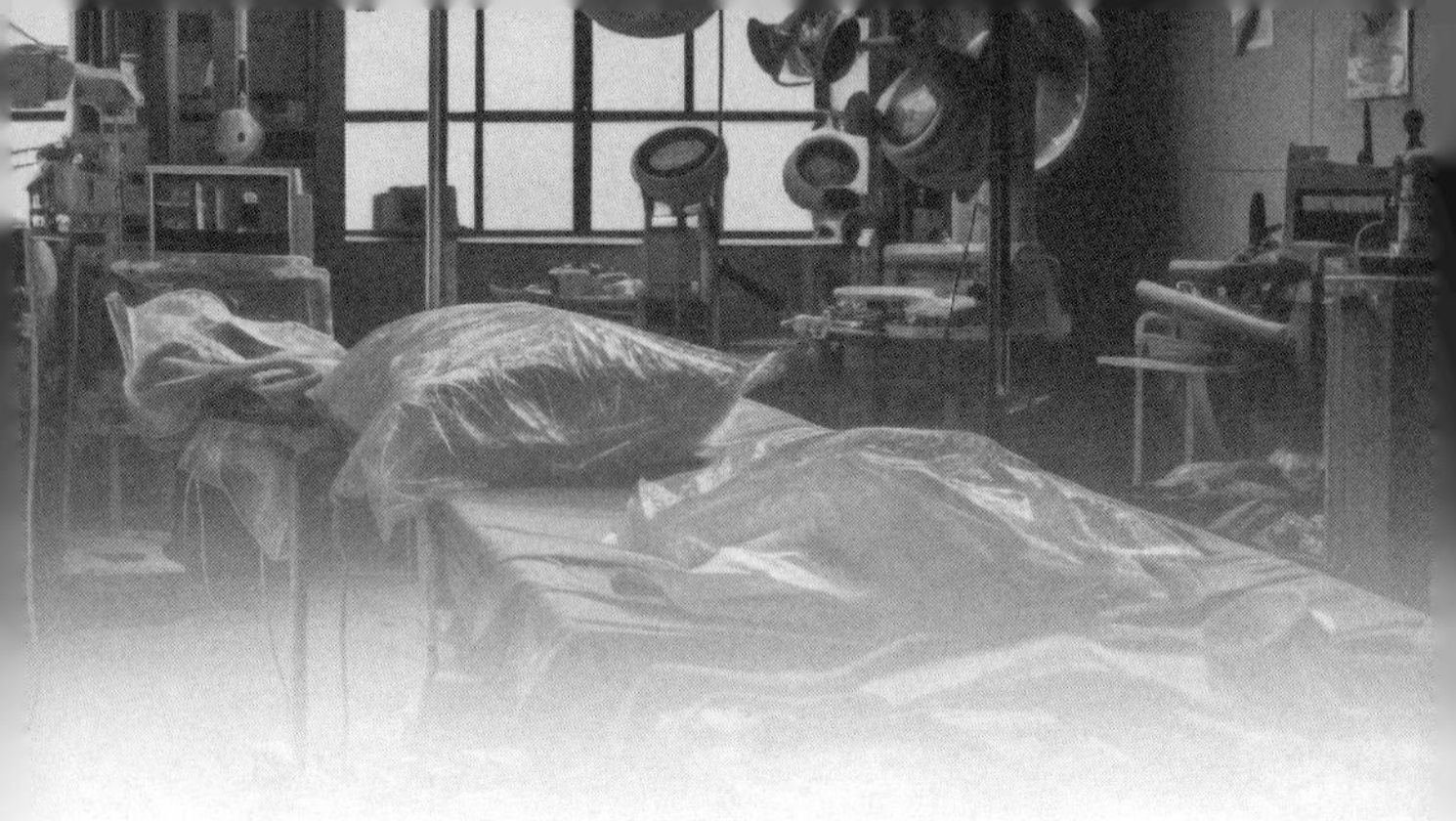

第四章　院内

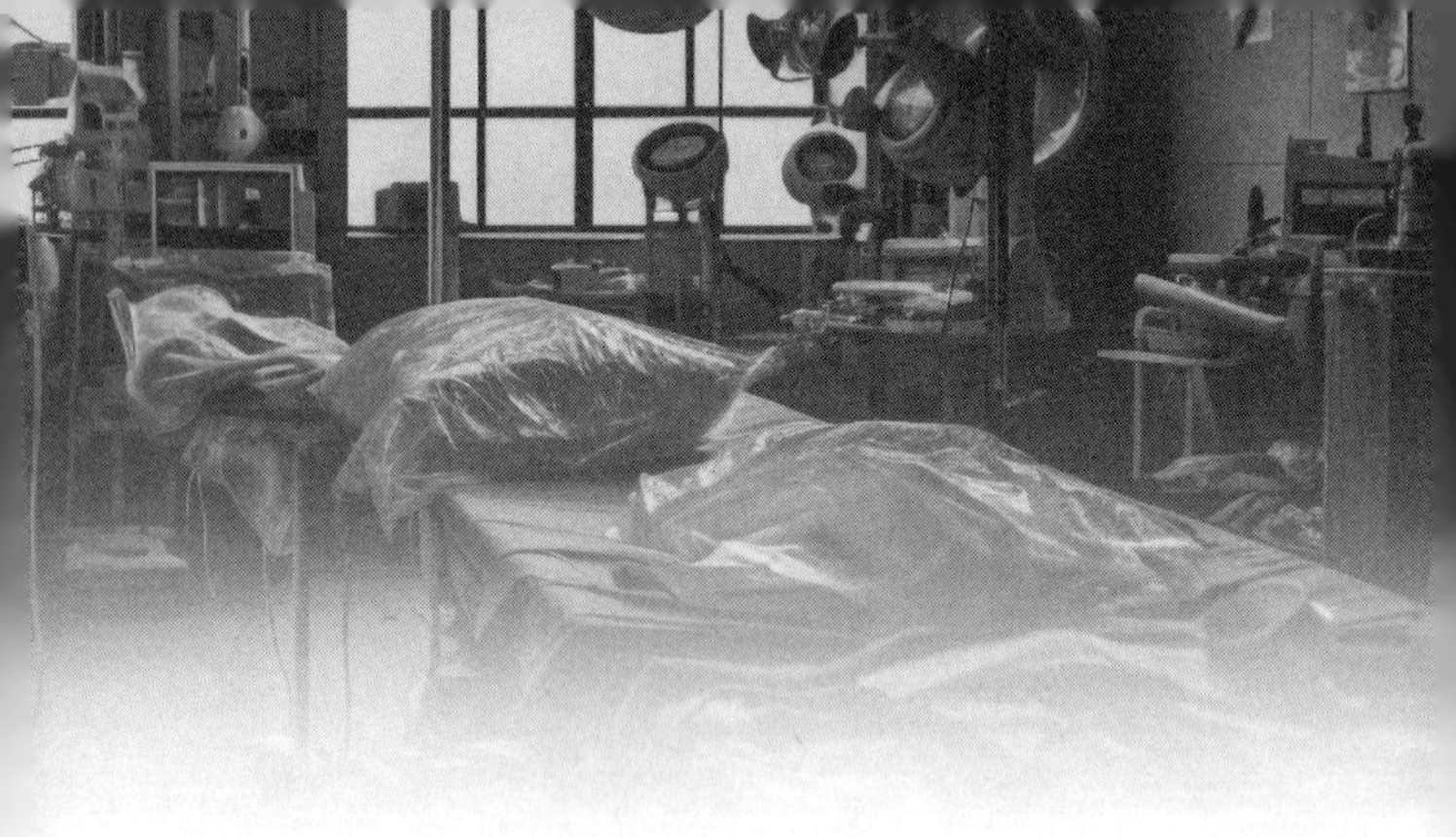

第一章　ナースコール

死神

看護師の阿部くんから聞いた話である。

「あの個室のナースコール、夜中に鳴るの知ってる?」

ナースステーションで点滴に抗生剤を詰めていると、並んで作業をしている先輩看護師が唐突に話しかけてきた。

先輩が言う個室には、先週から寝たきりのお婆さんが入院している。お婆さんはボタンを押すことができないどころか目も開けられず、しゃべることもない。自分で身体を動かすことができないため、三時間ごとに看護師が身体の向きを変えている。

その部屋からナースコールが鳴るというのはあり得ない。

「先輩、あのお婆さんは寝たきりなんですよ。自分でナースコールのボタンも押せる状態じゃないのに……」

「普通はそうなんだけど……。それでも、実際に鳴ることがあるらしいよ」

本当にそんなことがあるだろうか、と疑問に思いつつも、きっと誰かのいたずらか機械の故障だろうと思った。

翌日の深夜、阿部くんが巡回を終えてナースステーションに腰を下ろすと、ナースコールが鳴った。見ると、あのお婆さんの部屋からである。

本当に鳴った……。一緒に夜勤をしていた後輩看護師と顔を見合わせ、急いでお婆さんの部屋へ向かう。

扉を開けると、お婆さんがいつも通りベッドに横たわっている。部屋にはお婆さん以外誰の姿もなく、ナースコールの赤いランプが点滅しているだけだった。

やっぱり機械の故障かな。半ば安心し部屋を出ようとしたちょうどそのとき。

「ゴホッゴホッ」

お婆さんの苦しそうな咳が聞こえた。喉の奥に痰《たん》が詰まっている音も聞こえる。

阿部くんは入り口に置いてあるゴム手袋をはめた。ベッドわきにある吸引用のカテーテルを取り出すと、お婆さんの鼻腔《びくう》から喉の奥に挿入し痰の吸引を行い部屋をあとにした。

それからしばらくすると、またお婆さんの部屋からコールが鳴った。行ってみれば、今度は先ほどのような痰の詰まりではなく、オムツに排せつしている。

押せるはずのないナースコールが鳴り、行けば何かしら処置が必要な状態になっている。

先輩の話も合わせると、これらの現象はいままで何度もあったのだろう。

この現象が起こるのは決まって深夜。誰かが意図的に押しているのか、それとも機械の故障なのか。それにしてもタイミングが良すぎる。

結局この日は、誰がナースコールを押しているのか、わからないまま勤務が終了した。


「見てしまいました……」

仕事の合間、何やら深刻そうな表情をした後輩看護師が話しかけてきた。

「あのお婆さんの部屋に、影が入っていったんです」

彼がそれを見たのは、面会時間はとうに終了している深夜のことだった。

夜中巡回をしていると、病棟の廊下には人影が三つ並んでいた。患者さんが歩き回っているのかと思いながら見ていると、三つの影が連なって病室に入っていた。

あのお婆さんの部屋だ。影を追うように部屋に入ると、ナースコールが鳴りはじめた。

暗い個室のベッドの上にはお婆さんが横たわっている。その頭上に、黒い三つの人影のようなものが見え、すぐに暗闇へ消えていった。

「ゴホッゴホッ」

お婆さんの痰が絡み出す。そのまま吸引を行い、部屋をあとにした。

「こんなことがあったんです……。あのときは痰の処置に気をとられていましたけど、あの影はいったいなんだったんですかね？」

後輩は少し俯《うつむ》きながらそうつぶやいた。


このお婆さんには毎日のように面会に来る妹さんがいる。阿部くんはお婆さんの担当看護師ということもあり、面会に来られたときには世間話をよくしていた。妹さんといってもすでにご高齢で、腰を気遣いながらシルバーカーを押し面会に来ている。妹さんとしてはこれが日々のリハビリになるのだという。

そんなある日、妹さんと雑談していた際、こんな話を聞かせてもらった。

「姉は旦那を早くに病気で亡くしているの。でも、息子が一人いてね、その子が結婚して孫が産まれたのよ。姉は一人で暮らしていたから、心配した息子さんが一緒に暮らそうって郊外に家を建ててね。家族四人で暮らしはじめたの。とても仲が良くてね。四人でしょっちゅう出かけていたのよ。でもある日ね、皆で出かける前日に、姉は自転車で転倒して足を怪我してしまってね。息子さんは「旅行は延期にしよう」って言ったのだけど「たまには家族三人水いらず行ってきなさい」って聞かなかったのよ。渋々出発したのだけど、その帰り道、高速道路でトラックの事故に巻き込まれてね。家族三人亡くなってしまったの。姉は「自分のせいだ」って、「私が行けって言ったからだ」って、何年も自分を責めてね。

大変だったのよ」

目を潤ませながら話す妹さんの姿を見て、なんとなく夜中に鳴るナースコールの意味が理解できた気がした。後輩が見たあの三つの黒い影、それは息子さん夫婦とお孫さんではないか。苦しくてもナースコールを押すことができないお婆さんの代わりに、ボタンを押しに来ているのではないか。

それから数日後、お婆さんは老衰により息を引きとられた。

いまごろ、また家族四人一緒に過ごしていると思うと、なんだか目頭が熱くなる。亡くなってよかったとは思わない。でも、もしかしたら、あのお婆さんはそれを望んでいたような気がしてならない。阿部くんは目に涙を溜めながら話してくれた。

ただ、後輩だけはまったく違う意見だった。

「いえ、ただの感覚といえばそうなんですけど……あの三つの影は、もっと禍々《まがまが》しいものだと思います。影を見かけたとき、胃の奥が重くなるような嫌悪感があって、追いかけて部屋に入ったときにはお婆さん、いままで見たこともないくらい、すごく険しい顔をしていました。あんな表情をさせるなんて、家族とかそんな優しいものではないと思います」

そうつぶやいた後輩は、苦い表情を隠すように顔を背《そむ》けた。

呪われるトイレ

看護師の佐藤さんが十年前に体験した出来事。

当時、市内にある大きな病院に勤めていた佐藤さんは、看護師として働きだし四年目を迎えようとしていた。仕事のやりがいも大きく、長年連れ添った彼氏との結婚も視野に入り、公私ともに充実した日々を送っていた。

佐藤さんが勤めていたのは脳神経内科病棟。その名の通り、脳の神経に関する病気になった患者さんが入院される病棟だ。手術をして治すというより、点滴や薬の内服で病気の進行を抑《おさ》えたり、緩和するのが主な治療方法である。

ある日、聞きなれないナースコールが鳴った。部屋の中央に置いてあるモニターを見てみると、共用トイレからナースコールが鳴っている。

駅のトイレなどにも設置されているので見たことがある方も多いと思うが、病院のトイレにも体調が悪くなってしまった方が鳴らすためのナースコールのボタンがある。ただし経験上、共用トイレから鳴るナースコールは間違えて押してしまった場合がほとんどだ。肘が当たってしまったり、流すボタンと間違えて押してしまったりする。だから慌てて向かったところで、着いたときには誰もいなかったなんてことはよくある。

このときもみな同じ気持ちなのか、一向にコールをとる気配がない。鳴り続けるコールに痺《しび》れをきらした佐藤さんは受話器を上げ、すぐ向かいますと声をかけた。

忙しく動き回るほかの看護師を尻目にトイレへ向かった。病棟と病棟をつなぐ廊下の中心にエレベーターがあり、その両脇に共用のトイレがある。右が男性用、左は女性用。鳴っていたのは女性用のトイレからだ。

共用トイレに一歩足を踏み入れると、女性のすすり泣く声が聞こえた。

「うううぅぅぅぅぅぅ」

トイレ中央、個室の扉が閉まっており、声はその扉の向こう側から聞こえてくる。

「大丈夫ですか？」

声をかけるとすすり鳴く声がやんだ。

「どうされましたか？」

ノックしながら声をかけるが反応はない。

もしかしたら、トイレのなかで動けなくなっているのかもしれない。隣のトイレを足場に、失礼しますと声をかけながら上から覗き込んだ。

真っ黒の何かが口を開けた状態でこちらを見ていた。

それはどす黒い影のような靄《もや》で覆われ、おおよそ人の形をしていない。

背丈は人間と同じくらいで、腕のような影が二本垂れ下がっている。

口と目だけは人間のパーツのようで、真上から覗く佐藤さんに向かれている。

「……！」

あまりに突然な出来事に驚き、声も出ないまま、すぐに頭を引っ込めた。

だが、何かの見間違いかと思い、すぐにもう一度なかを覗いてみる。

誰の姿もない。ほかのスタッフを呼び寄せ扉を開けても、やはり誰もいなかった。

その後、ほかの職員から病院で起こった悲しい出来事を聞いた。家族を亡くした女性がトイレの窓から身を投げた。だからこの階から上のトイレには窓に柵がつけられているのだという。佐藤さんはこの出来事をきっかけに、共用のトイレには近づかなくなった。


毎日忙しく働き、こんな出来事も忘れかけていたころ、仕事の疲れなのか体調が優れない日々が続いていた。休んでも疲れはとれず食欲もない。出かけるのも嫌になり家に引きこもりがちになっていった。朝起きてもなんだか眠い、身体が常にだるい。心配した病棟の看護師長からしっかり検査するよう言われ、受診するも原因はわからなかった。

どうしようもなくなった佐藤さんは、長期の休みを取り実家に帰ることにした。結局は精神的なものではないかと診断されたからである。

久しぶりに実家へ帰省すると、玄関で出迎えてくれた母親に開口一番こう言われた。

「あんた、なんてものを連れて帰ってきたの」

疲れた表情の娘を見て、そんな表現をしたのだろうか。聞き返そうとする間もなく、こっちにいらっしゃいと仏間に通された。

「私がいいって言うまで、そこでご先祖様に手を合わせてなさい」

母親はそう言い残し部屋を出ていく。再度母親が仏間に入ってくるまで、三十分ほどは手を合わせていただろうか。不思議なことに身体が軽くなり、何かから解放されたような気分だった。

母親はとくに何も言わないまま夕食を作ってくれて、家族で食事をとった。久しぶりの母の食事は、安堵からか滲《にじ》んできた涙でよく見えなかった。

佐藤さん曰く、仏間で手を合わせている間、自分の背後からあの女性のすすり泣く声がずっと聞こえていたという。

一年後、同じような相談を後輩から受けた。

しかし自分の体験を伝えたところで、信じてもらえないだろうと何も言わなかった。

しばらくして後輩は体調不良で退職していった。

押せないナースコール

二十年前、看護師の宮平さんが十床程度の産婦人科で働いていたときのことである。

その日は緊急の帝王切開があり、先輩も助産師も手術室に入っているため、宮平さんは一人、詰所（ナースステーション）で留守番をしていた。

仕事も一段落ついたところで、ナースコールが鳴った。

当時の病院は壁に取り付けられたナースコールの装置に付随して受話器が設置されており、患者さんの名前の横が光るという仕様だった。

「どうかされましたか？」

インターホンを取りながら、光っている場所の名前を確認すると、通常の病室ではないところが光っている。

詰所の奥にある新生児室からのナースコール。その部屋はもともと手術後に患者さんが身体を休めるリカバリー室として使用されていたため、当時の名残からなのかナースコールが設置されている。

ただ、いまはボタンの設置はされていない。壁にはナースコールの接続部分だけが残っている状態だ。

なぜこんなところが鳴っているのだろうか。

不思議に思い振り返るも、そこにはスヤスヤと寝ている赤ちゃんの姿しか見当たらない。新生児なので寝返りもできる状態ではない。ましてやその時間は授乳もしていないため、新生児室にはお母さんの姿もない。

状況が飲み込めず、しばらく動けなかったが、ふと我に返り仕事に戻った。

しばらくすると先輩たちが手術室から戻ってきた。出産がうまくいったのだろう、先輩たちの高揚感が伝わってくるなか、ナースコールの一件を報告する。

すると、こう言われた。

「あー、また鳴った？　たまに鳴るねん。ようわからんけど」

メヌエット

看護師の吉田さんは結婚を控えていたこともあり、結婚資金調達のため病院の不規則なシフトの合間に別の病院でアルバイトをはじめることにした。

このバイトを一生続けるわけではない、彼と結婚したら生活は安定する。それまでの辛抱だと思い、応募したのは中規模くらいの郊外にある古い病院。明らかに古いたたずまいや設備に少し面食らったが、何より一回のバイト代がいい。一晩で四万円。そんな不満を打ち消すには十分な額だった。

アルバイト初日、オリエンテーションを終えると看護主任にこんなことを言われた。

「いま働いている病院とは違うことも多いとは思うけど、順応していってね」

よろしくお願いしますと頭を下げ、業務に入る。アルバイトと言ってもほかのナースたちと同じように仕事を振り分けられる。夕食後に薬を配り、点滴を作成し、巡回に出る。

ただ、郊外ということもあり夜は静かだった。救急車が来ることもなく、重病の患者さんもほぼいない、ある意味働きやすい病院だった。

ここに転職してもいいかも。そう思えるくらい働きやすい環境で、人が足りないのが不思議なくらいだった。

スタッフの休憩なども回しつつ、深夜二時を回ったころ。

ちゃららーらーらーらーらーらー。

メヌエットの電子音でナースコールが鳴る。

コールの目の前にいる先輩看護師はＰＣに向かったまま動こうとしない。視界にも入っているはずだし音も聞こえているはずだ。その様子を見て新人の私に取れということかと理解した。

——一号室　佐藤ゆかり。

画面には患者さんの部屋番号と名前が表示されている。受話器に手をかけようとしたとき、

「出ちゃダメよ」

こちらを一瞥《いちべつ》もせず、ＰＣの画面を見つめたまま先輩に言われどきっとした。

「え？」

ナースコールがやんだ。続けざまに今度は四号室からナースコールが鳴る。

「吉田さん、出てもらっていい？」

「あ、はい」

いったいなんだったのだろう。腑《ふ》に落ちないがまだ新人のため、理由を聞けなかった。

寝る前の薬を配り終わり、ナースステーションに戻ると、
ちゃららーらーらーらー。

受話器の前で先輩看護師が仁王立ちとなり、コールの画面をじっと見つめている。

――一号室　佐藤ゆかり。

出てはだめ、と言われた患者さんの名前が表示されている。

「あの、私……」

行きましょうか？　と言い切る前に、

「ここは行かなくていいから」

「はい」

そう答えるしかなかった。

数時間後、休憩から戻ると、

「吉田さん、八号室の点滴変えてもらっていい？」

「はい」

次の瞬間、またナースコールが鳴った。

「取っちゃだめ」

「あ、あの……」

取ってはいけない理由を聞きたかった。

「取っちゃだめ、取っちゃだめ、絶対に取っちゃだめ！」

画面には「一号室　佐藤ゆかり」と表示されている。

わかりましたと下がったものの、やはり気になる。吉田さんの担当は十号室から二十号室まで。一号室とは関わりがない。先輩が休憩に入ったとしても、もう一人の先輩看護師が受け持つことになっている。

部屋を見にいってみよう。担当外の部屋へ興味本位で見に行くことははばかられるが気になって仕方がなかった。

――一号室　空床。

個室には誰も入院されていなかった。部屋のなかを覗くとベッドさえ置かれてない。

ただ一つ、部屋の壁側に何か置いてある。持っていた懐中電灯で照らすと、小さな木箱が見え、その上には塩とお水のようなものが供えられていた。

吉田さんは一号室のナースコールが鳴るたびに気味が悪くなり、しばらくしてバイトを辞めた。

シンデモラッテイイデスカ

真鍋さんが看護師になり、初めて勤務することになった内科病棟。仕事に慣れはじめるとだんだんと周りが見えてくる。朝の申し送りからはじまり、入院患者さんを受け入れる準備、予定で組まれている検査、昼食後の内服確認、昼過ぎに行われる病棟カンファレンス、理学療法士と連携して行う病室でのリハビリや、夕方の夜勤者への申し送り――。

仕事も徐々に楽しくなり、休日は遊びにいく余力も出てきた。辛いこともあるが、公私共に充実した日々を送っていた。

そんな真鍋さんはただ一つ、病棟で妙だなと思うことがある。それはあるところにだけ、避けるように患者さんを入れない病室があることだ。その部屋がナースステーションから離れているわけでもない、ベッドが足りないわけでもない。部屋には八号室と表記されており、昔は使用していた痕跡も見られる。

さらにおかしなことは続く。夜勤時に巡回で八号室に入ると、持っていた懐中電灯のライトが突然消えてしまう。懐中電灯を叩いたりしてもつく様子がない。仕方がないのでそのまま病室を見回りし、部屋を退室すると何事もなかったようにライトがつく。そんなことが頻繁に起こるのだ。

その謎が解けたのはある晩のことだった。流行《はや》り病の影響もあり、長い間使用されていなかった八号室に、患者さんが入院することになった。夜の八時過ぎ、ナースステーションで患者さんの記録をしている最中、心電図モニターのアラームが鳴った。

ピーーーーー。

激しく上下に揺れていた心臓の波形が平らになり、心拍停止と表示されている。先輩看護師と慌てて病室に駆け込むと、とうの患者さんは静かに眠っている。心電図のモニターコードはしっかりと患者さんに接続されている。ただ、脇に置いてある心電図の機械を確認すると、画面が真っ暗になり電源が落ちている。

コンセントは刺さっているから、機械の故障か。すると、

「まだだめか」

先輩がつぶやいた。何が「まだ」なんだろうか。ただの機械の故障ではないのか。

「真鍋さん、この患者さんをリカバリー室に移すの手伝ってもらってもいいかな？　あの部屋は明日の午後まで使えるはずだからさ。」

リカバリー室は様態の悪い人が入るために、常時空けておかなくてはならない。その部

屋に移すというのはよっぽどのことなのだろう。

翌日、ほかの患者さんの退院に伴い、空いた部屋へ移すことになった。

それからしばらく八号室に患者さんが入ることはなかったが、不思議な現象は起き続けた。真鍋さんが八号室の前を通ったとき、懐中電灯が消えた。そして部屋のなかから風がふわりと身体を抜けていった。

その風に揺られカチャカチャカチャカチャとナースコールが揺れて音を立てている。

窓が開いているなら閉めにいこう。部屋に入ってみると、窓なんて開いていなかった。それどころかナースコールさえも外され、ついていなかった。

いままであったことも踏まえ、もはや我慢も限界を迎え先輩に相談した。

「そっか、真鍋さんは知らなかったのね。あの部屋ね、電子機器が使えないのよ」

先輩の話によると十年前、頻回にナースコールを押す患者さんが入院されていた。看護師はナースコールが鳴ったら行かなければいけない。行かないという選択は虐待ととらえられてしまう。ただ訪室しても何か用があるわけでもない。

「呼びました?」

「はい」

「どうされましたか?」

「……」

この繰り返しであった。五分おきに鳴るナースコールに、皆精神的にも疲れ果てていた。

そして一人の医療従事者が、八号室のナースコールだけ電源を抜いてしまった。

その日もおそらく頻回にナースコールを押したのだろう。定期巡回で部屋に訪室すると、男性は悲痛な表情を浮かべながら、ナースコールで首を吊り亡くなっていた。

その事件を境に、その部屋のナースコールが鳴らなくなってしまった。

何度業者を入れて修理をしてもすぐに使えなくなってしまう。それだけにとどまらず、ほかの電子機器も電源が落ちてしまったり、エラー表記が出てしまったりと使用できなくなってしまう。そんなことがあり八号室に患者さんを入れられなくなってしまった。

——だから懐中電灯のライトが消えることがあるのか。

真鍋さんはいままでの出来事すべてに合点がいった。

数週間後、また流行り病の影響で病室が埋まり、八号室に患者さんが入院することになった。この患者さんは検査目的の入院で短期間、自分で歩いてトイレにもいける方。ナースコールを押すことがあまりなく、何かあれば声をかけてくれるだろうと師長は判断したのだろう。

「今日の夜勤担当の真鍋です。よろしくお願いします」

「ええ、よろしくお願いします。ところで看護師さん。さっきから病室を女の子がうろちょろしているんだけど、誰かの面会かしら」

今日は面会者に子どもは見ていない。

「確認しますね」

結局、誰も子どもの姿は見ていなかった。見間違いではないかと伝えると、なんだか腑に落ちない表情をしていたが、そのまま夕食の時間となった。

夜も更け、真鍋さんは休憩に入った。場所は病棟と病棟の合間に位置するカンファレンス室。ここは日中、医者や患者さんが今後について話し合いなどをする場所で、テーブルと椅子がコの字型に並び大画面でカルテが見られるようになっている。部屋の隅に追いやられるようにベッドソファが設置されており、隔てるようにアコーディオンカーテンが備わっている。

ソファをベッド型にするとシーツを引き、アコーディオンカーテンを閉めると早々に横になった。もう朝の四時、窓の外からは鳥の鳴き声が聞こえはじめている。目をつむりうとうととしていると物音が聞こえた。

「ペタペタペタペタ」

カーテンの向こう側で誰かがテーブルの周りを裸足で歩きまわっている。加えて一人ではない、二人の足音。さらにひそひそと何かを囁《ささや》きあっている声も聞こえはじめた。

足音がぴたりとカーテンの前で止まった。そのとき、女の子二人が何を話しているのかはっきりと聞こえた。

「ねぇどうする？　開けちゃう？」

「えー、どうしようか。開けてもいいのかな？」

「開けちゃおうよ」

「じゃあ開けちゃおうか。いいよね？　開けても」

目を閉じた状態のまま、なんだか優しい気持ちに包まれていた。開けたいなら開けてもいいよと思い、声をかけてあげようと目を開けた。

すると、なぜか自分の首を横に振り、拒否していたことに驚き、

「ダメ！」

叫びながら起き上がる。その瞬間だった。

「シンデモラッテイイデスカ？」

機械で声を調整されたような低い男性の声が耳元で聞こえ、声をあげた。

慌ててカーテンを開けるが誰の姿もない。

八号室で自殺してしまった男性は、なぜナースコールを頻回に押していたのだろうか。

何かが見えていたのか、感じていたのか、聞こえていたのか。
なんとも不思議で気味の悪い朝だったという。

コラム

ナースコール

病院の怖い話といえば、ナースコールがまずあげられるでしょう。誰もいない部屋から鳴るナースコール——病院怪談でもっともよくある状況といえます。

この「ひとりでに鳴るナースコールは機械の故障なのか」という論争はいつの時代にも起きていました。ナースコールの故障率は、日常的な使用による部品の劣化や摩耗が原因で、およそ十二年目を境に高まる傾向があります。そのためインターホン工業会では、ナースコール用機器の更新の目安を約十二年と定めています。更にはこの問題を詳しく調べた人物がいますが、結果、三割は断線や破損による故障であると判明しています。

では、残りの七割はいったいなんなのか、この疑問は未だに解けていません。

そもそも、ナースコールというシステムは、看護の産みの親とされるフローレンス・ナイチンゲールにより開発されたといわれています。当時のナースコールは「弁付き呼鈴」からはじまり、ボタン式のもの以外にも、足で踏むと鳴る離床防止のセンサーマット式ナースコール、棒に息を吹きかけるタイプなど多様化し、現在普及している形にまで進化しています。

我々看護師は、ナースコールが患者さんとのライフラインであり、仕事中は常にナースコールの音をキャッチできるように耳をダンボにしています。そんな生活が数年続くと自宅や外出先でもナースコールが聞こえてくることが多々あります（無論、幻聴でしょう）。

これらの話で出てくるのは、単純に誰も居ない部屋から鳴るというだけでなく、亡くなった患者さんの薬の時間に鳴るなど、その患者さんならではの事象もあります。するとと、「亡くなった患者さんの薬の時間に誰もいない部屋からナースコールが鳴った」という事実が看護師の心に深く刻まれ、体験談に数多く登場するのではないでしょうか。

話のなかでも触れましたが、ナースコールというのは病室、トイレのほか、ディルーム（家族面会室）、廊下などいたるところに設置されています。だからこそ不具合も多く、混線しているのではないか、ということも納得はいきます。ただ、それでもなお、不可解な現象は数多く発生しており、病院の怖い話の代名詞といえばナースコールといわれるほどになるまで上り詰めたのではないでしょうか。

身近にいる看護師に、ぜひ聞いてみてください。ほとんどの看護師が誰もいない部屋から鳴るナースコールを体験しているはずです。

第二章　霊安室

四つの顔

津田さんはサラリーマンを定年退職し、余生の時間を活かし病院の警備員をはじめた。妻も日中に夫が家にいないことを喜び大賛成だった。

仕事にも慣れ、数か月が過ぎた。その日も朝九時に出勤し、午前の仕事を済ませた十三時を過ぎたあたり。外はまだ明るく、秋の日差しが心地よかった。昼食後の眠気と戦いながらエレベーターで六階に上がる。

深夜では病院内全体の人も少なくなるため、病棟も巡回にいくが、昼間は普段人がいないところを重点的に見る。屋上のヘリポート、会議室、ボイラー室、倉庫、霊安室と巡回していく。

一階までの巡回を終え、地下へ降りると白いプラスチックの板に霊安室と書かれた扉がある。両開きの重々しい扉を開けると、まっすぐ廊下が続いている。日中だというのに薄暗いのは地下というより、使われている用途の問題のほうが大きそうだ。

歩いていくと、右側に部屋が二つ、奥にお座敷の部屋が一つ、計三つの霊安室が並んでいる。

左側は全面ガラス張りになっており、外へとつながる搬送用の大きなドアが設置されている。そもそも人が近づかないエリアのため、耳が痛いくらい静寂に包まれている。

右に並ぶ一つ目の部屋が施錠されているか確認する。問題ない。

二つ目の部屋も、施錠されている。最後に奥の座敷を確認するため近づいていった。

——ドン。

畳のきしむような音が、座敷の部屋から聞こえてきた。

おや、誰か使っているのかな。

襖《ふすま》の隙間から光が漏れだしている。誰かがいる。勝手に開けるわけにはいかない。

そっとなかを覗いてみた。

人がいる。手を合わせている人の背中が見える。

ただおかしい。入口は間違いなく鍵がかかっていた。

なかに人が居るのを忘れ、誰かが鍵をかけてしまったのだろうか。

鍵は開けて帰ろうと、踵《きびす》を返し出口に向かう。

ススス。

背後で座敷部屋の襖が開く音が聞こえた。自分の右側にあるガラスに映った光景に凍りついた。

開いた襖の隙間に、上から下まで顔が四つ並び、こちらをじっと見つめている。

胃をぎゅっと握られたような感覚になる。

足が竦《すく》んでしまった。

四つの顔は涙をぼろぼろこぼしながら、こちらに近づいてくる。

「うううぅぅぅぅぅぅぅ」

後方から微かに泣き声が聞こえてくる。

男性の声、女性の声、おじいさんの声、子どもの声。まるで家族のようだった。

四つの顔は津田さんの頭の後ろから腰のあたりまでピタリと張りついた。

廊下に泣き声が静かに響き渡っている。

ガタガタと足が震え、全身を脱力感が襲う。

「ねぇ、一緒に行こうよ、ねぇ、一緒に行こうよ、ねぇ、ねぇ」

幼い子どもの声。

「いきません！」

声をふり絞り同時に振り返ると、目の前には男性の顔がある。

「ちっ」

舌打ちを吐き、座敷に戻るように消えていった。

逃げるように廊下を走り、事務所に駆け込む。

同僚にいま起きた話をすると、こんなことを言った。

「その並んでいた顔、直接見た?」

とっさに嘘をついてしまった。

「いや、直接は見てない。ガラス越しに見ただけ」

「じゃあ大丈夫だよ。それ直接見たら祟るよ。同じ話をしていた前の同僚が入院したからね」

その後、津田さんは脳卒中になり、入院となった。

光る霊安室

看護師の山城さんが休日に友人と話している最中、いま働いている病院の話になった。

「やっぱり病院ってさ、霊安室とかあるの？」

システムエンジニアとして普段働いている友人から聞かれて即答した。

「うちの病棟にあるよ」

友人は驚いた様子でさらに聞いてきた。

「病棟にあるの？」

怪訝《けげん》な顔をしている。

確かに言われてみればそうだ。普通、霊安室というのは地下の人目のつかない場所に設置されていることが多い。では、なぜうちの病院は病棟にあるのだろうか。

翌日、出勤後すぐに確認して驚いた。霊安室は病棟にはない。院内マップで確認すると地下一階にあると記載されている。

おかしいな。確かに病棟で見たはずだ。なんなら前回の夜勤時も見た記憶がある。

その日は病棟の一号室に状態の悪いお婆さんが入院していた。意識混濁で呼吸状態も悪く下顎呼吸。これは死戦期呼吸とも呼ばれており、このような状態になった場合、死が近いサインとしてとらえられている。まさに今日が山場。担当医から連絡がいったのであろう家族がお婆さんの病室に付き添っていた。消灯時間を過ぎても電気が煌々とつき、なかからは家族の談笑する声が聞こえてくる。こういった身内の死に直面したとき、家族の反応として死を受け入れられず落ち込んでしまったり、逆に妙に明るく振る舞うようになることがある。今回のご家族の反応は明るくなる方なのだろうと思った。声が部屋から漏れていたこともあり、あまり遅くまで続くようであれば、そろそろ寝ていただくよう声をかけようと様子を見ていた。

深夜零時を回り、定期巡回をしていると遠くに見えている一号室の電気が消えている。その代わり、隣の部屋の明かりがついている。

(二号室の患者さん、起きちゃったか)

しかし、巡回の最後に二号室の前まで行ってみると、室内の電気は消えている。部屋に入ると、患者さんはすやすやと眠っている。

何が起きているのかわからず部屋を出ると、隣の部屋の明かりが煌々とついている。

「なんだこの部屋……」

一号室と二号室の間に見たこともない部屋が現れ、なかの光が廊下を照らしている。

もう一度戻って確認すると、確かに先ほど見た部屋は二号室と表記されている。

こんな部屋は存在しない。部屋の上部には霊安室と書かれた白いプラスチックの表記が掲げられている。部屋のなかを覗くと危篤状態だったお婆さんが棺に入れられ、周りを家族が談笑しながら故人を囲むように立っている。まるで部屋全体が光に囲まれているように眩しく、直視することができない。

家族の談笑が聞こえてきているなか、一言だけはっきり聞こえた。

「お前のせいだ」

――パン！

破裂音とともに目の前の扉はなくなり、何もない廊下の壁が広がった。

その直後、ナースステーションから慌ただしい声が響きはじめた。誰かの容態が急変しているらしい。

きっと一号室のお婆さんだ。そう心のなかで考えながら思い出した。あのお婆さんに身寄りはいない。だから家族の付き添いなんて来るわけもない。

では、私が廊下から見たあの人たちは、いったい誰だったのか。

それからも時折、あの光る霊安室を見ることがある。

霧の出る病院

霧が怖いという看護師の阿賀さんから聞かせていただいた体験談である。

阿賀さんが勤めている病院へ向かう道すがら、霧が道路を覆うことがよくある。ライトをつけても五メートル先ぐらいしか見えない。

霧のなかから鹿が飛び出してきたこともある。突如として現れた鹿に驚き急ブレーキをかけると、すれすれのところで止まった。鹿は早くどけよと言わんばかりに、ドア真横にのそっと立っている。車に慣れているのか、いつまでも発進しない阿賀さんを避けるように霧のなかに消えていった。

ある日、濃い霧が立ち込めるなか車を走らせていると、一時停止した十字路の右側、立ち込める霧のなかから人影が現れた。夜の二十時、街灯も少ない薄暗い道路に農作業姿のお爺さんが立ち尽くしている。

「今年の野菜は○×▽□、うちの息子は▽×○□」

お爺さんはこちらには見向きもせず、前を向いたまましゃべり続けている。阿賀さんに話しかけている様子ではなく、独り言のようにぶつぶつとつぶやいている。面倒なことに巻き込まれまいと避けるように車を発進させた。

おかしなことに、このときを境に病院内でも時折、霧を見るようになった。

夜間、病棟内を巡回していると急に霧が立ち込めはじめ、霧のなかから声が聞こえてくる。大勢の人が談笑している。何をしゃべっているかはわからない。でもなんだか楽しい気持ちになる。

(ずっと聞いていたいな……)

何かに気を取られると消えている。休憩室で休んでいると霧が立ち込めはじめ、子どものはしゃぐ声や笑い声が聞こえてくる。時折起きはじめたこの現象。

(この霧は、きっと別の場所とつながっているのかも)

そう思いはじめた。

それから数日後、阿賀さんの考えを決定づける出来事が起きた。病室からナースコールが鳴り訪室すると、患者さんがベッドから起き上がり壁を見つめている。

「○○さん、どうされました?」

その問いかけに対して答えることもなく壁を見つめている。見ると壁一面が霧で覆われている。

ぺた、ぺた、ぺた。

患者さんは霧のほうに向かい歩きだした。唖然としているなか、壁にぶつかってしまうと遮ろうとしたそのとき、霧のなかにふっと消えていってしまい同時に霧も消えた。

慌てて別の看護師を呼びに行き部屋に戻ると、患者さんはベッドの上でスヤスヤと眠っていた。

その数時間後、その患者さんは突然息を引き取った。

こんなことがあり、やはりあの霧はどこかにつながっている。聞こえてくる声も、きっとあっちの世界の声。だからむやみに近づいたら危ない、直観的にそう思い霧が現れても避けるようになった。

思えばあの夜、霧の立ち込める道路で見たお爺さんは生きた人間だったのか。

阿賀さんはそれからすぐに産休に入り、霧を見かけることはなかった。

数年後、産休明けで職場に復帰し、久しぶりに霧を見た。

地下にある霊安室の前に霧が立ち込めている。そしてその霧のなかから、古いナース服を着た看護師がストレッチャーを押しながら出てきた。押している看護師も運ばれている患者も、二人揃ってこちらを睨みつけながらエレベーターのほうに向かい消えていった。

どうにかしなければ自分もいつかあの霧のなかに迷い込んでしまうのではないか。そう考えた阿賀さんは知り合いに相談し、清めの塩を持つようになってからは霧を見ることがなくなった。

「私、本物の霧とその妙な霧の見分けがつかないんです。だから、霧が怖いんです」

コラム

霊安室

霊安室は、病院の中で「生」と「死」が最も明確に分かれる場所といえます。看護師や医師にとっては、患者さんとの別れを意味する場所であり、その経験は時に心に深い影響を及ぼすことがあります。

怪異の舞台として登場することも多い霊安室ですが、我々医療者にとっては、「けがや病気と闘い、ご逝去された患者さんのご遺体を安置する場所」

禍々しい場所というよりは、どちらかというと神聖な場所だと感じています。しかしながら霊安室という一般的なイメージは「暗い」「怖い」「さみしい」あまり近寄りたくはないといったイメージが付いてしまっている印象を持ちます。実際のところ霊安室というのは明るく、殺風景な作りになっているところがほとんどで、薄暗いなんてことはまずありません。さらには誰もいない霊安室からお線香の香りがするといった話も、お婆ちゃんの家がお線香を焚いてないのに臭いがするのと同じで、お線香ではなくお焼香の香りが壁に染みついていると思っています。

ではなぜ、人々は霊安室を避けたり怖がったりするのでしょうか。

それはおそらく「死」という非日常が当たり前のようにそこにあり、避けたい、向き合いたくないという気持ちがそうさせているのではないでしょうか。

これらをふまえると、霊安室は単なる場所ではなく人間の生と死、そしてそこに宿る感情が交錯する精神的にも大切な空間ともいえるでしょう。

人はいつか必ず死を迎えます。これは世界中のすべての人間が唯一平等なこと。限られた時間の中で今を生きています。

この人生という不毛なゲームが安らかに終わることを願って……。

第三章　病室

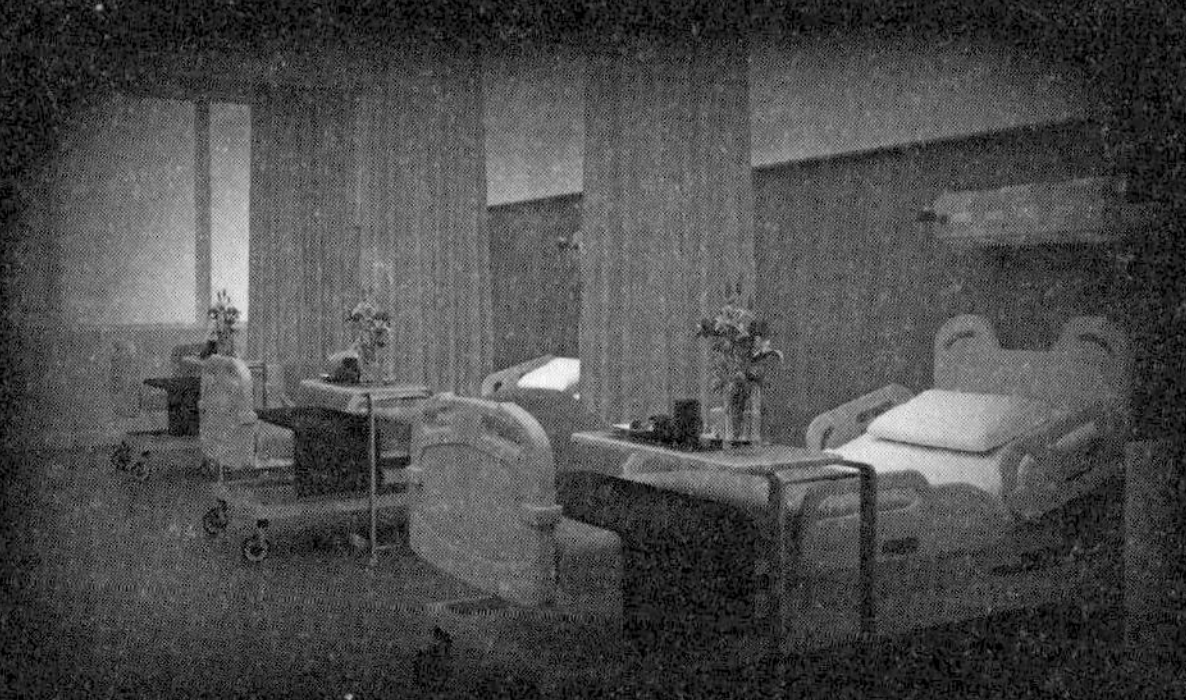

カーテンレール

病院の性質上、元気になって退院する方もいれば死亡退院される方もいる。

看護師の松原さんは担当の患者さんが亡くなることに慣れることができず、そのたびに落ち込んだり、泣いたりするような日々を送っていた。

周りからは「だんだんと慣れるよ」と言われたが、一向に慣れる気配はなかった。

あるとき、がんにより余命宣告を受け入院された患者さん（Aさん）を担当することになった。Aさんは五十代の女性で、病気になってからも治療しながら仕事を一生懸命されている方だった。松原さんとAさんは徐々に関係性を育み、入院中の悩み以外にも、個人的な悩みも話してくれるようになっていった。仕事のこと、家族のこと、これまでの人生、いろんなことを話してくれた。

「良くなったら早めに仕事に復帰したいですね」

抗がん剤の治療がはじまってからも、仕事終わりに病棟へ定期的に会いに行き、Aさんから話したいと呼ばれていくこともあった。患者さんに関することで、治療や今後の生活に関係するような情報はみんなで共有することになっている。ベテランの看護師と情報共

有をした際も、

「Aさんそんな話していたの？　私たちには聞いてもあまり話してくれないのに」

松原さんは少なからずほかのスタッフよりも信頼関係を築けていると感じていた。

その後、Aさんは入退院を繰り返し、一時的に治療の効果は見られたものの、すぐに癌の勢いは強くなり、担当医師から、

「もう治療は尽くしました。あとは対処療法しかないですね。悪化したら命の危険性があります。もったとしても一年ではないかもしれません」

厳しい余命宣告を受けたAさんは松原さんを呼び、

「もうできることがないそうです、わかっていても辛いですね」

治療の副作用と癌の影響で以前より痩せてしまい声にも力がない。余命宣告でショックを受けている様子に言葉が見つからなかった。

「話して気持ちが落ち着くのであれば、私はいつでもここに来ますから呼んでください。時間を作って必ず来ますから」

Aさんは精一杯微笑《ほほえ》み、

「ありがとう」

乾いた唇から漏れ出るように答えてくれた。

しかし病状は日に日に悪化し、病室を訪れても苦しそうにしているAさんを見る時間が多くなった。話をすること事態が負担になりかねないと思い、短時間で済ませるようになっていった。

「また来ますからね、待っていてくださいね」

「待っていますね」

微笑むAさんを見つめながら
この会話をいつまで続けることができるのだろう。病院から帰る足取りも重かった。


三日後、Aさんがいつもと違う様子でこう言った。

「いろいろお世話になってばかりでしたね。帰るときも来てくれますか?」

帰るとき、というのが退院という意味なのか亡くなって帰るという意味なのか、一瞬迷い言葉が詰まった。いまの状態では後者になる可能性が高い。理解力もあったので元気に退院できるという風にも思っていないように感じた。

「いまは体調を整えることを考えましょう、でもいつでも呼んでください。ほかの仕事があってもなんとかして来ますから」

そう伝えるとAさんはわかった、というように頷いた。

翌日から会話ができないほど病状が悪化していってしまった。

松原さんは日中しか勤務をしていない。早朝や深夜に亡くなると葬儀会社がすぐに来てしまうため、お見送りは難しい。これればかりはタイミングとしか言いようがない。帰るときもと言われたものの、タイミングが合ってほしいような、そのときが来てほしくないような複雑な気持ちだった。

数日後、いよいよというときが迫ってきた。医師からはいつ亡くなってもおかしくないと家族に説明がされ、看護師にもその情報はすぐに共有された。ただ、ほかの患者さんの対応や仕事もあるため、悲観してもいられない。ほかの仕事に取り組みながらAさんの状態を気にかけていた。予定していた仕事のほかにも新たに仕事が入り、結局一日のほとんどを潰してしまい、夕方ようやく時間ができた。

Aさんの状態を確認しようとすると、ちょうど看護師から連絡が入った。

「Aさんが先ほど亡くなったよ。葬儀会社はまだ来ないけど、いま片づけとかも全部終わったから会いに来てあげて」

ついにそのときが来てしまった。

病室で眠るAさんはまだ起き上がりそうで、とても綺麗なお顔をしていた。

「Aさん、いままで本当にありがとうございました」

深々と礼をしてそうつぶやくと、病室のカーテンが、

「カシャン」

と音を立てて動いた。窓は開いてないし、ほかに人はない。誰も動かしていないはずなのに少しだけ動いたカーテンは、Aさんが返事をしてくれたような気がした。


その夜、夢を見た。治療を受ける前の元気そうな姿のAさんが笑顔で話しかけてくる。あたり一面が明るいところでAさんは少し離れた位置から話しかけてくれた。

名前を呼ぼうとすると、Aさんは手を振って、

「ありがとうございました、お元気で」

どんどんと離れていってしまい、そのうちに見えなくなってしまった。

目が覚めると涙であふれていた。

十五号室

山口さんが当時勤めていた病院には、いわゆる「幽霊が出る部屋」がある。ありがちだが、先輩から代々語り継がれている、本当の話だ。

問題の部屋は外科病棟にある十五号室。ナースステーションに一番近い部屋。

その部屋では子どもの霊がたびたび目撃されるという。

ある晩のこと、十五号室からナースコールが鳴った。訪室するとAさんという九十代の女性患者が靴を履こうとしていた。認知症が進行しているAさんは自分でナースコールを押すこともままならないため、踏むと自動でナースステーションに知らせるセンサーマットが足元に敷かれていた。

「どうかしましたか?」

「トイレに行きたいのよ」

わかりましたと転倒しないように脇を支え付き添う。用を足してもらったのち部屋に戻った。すると、Aさんが妙な表情を浮かべながらこう言った。

「ここは私のベッドじゃないわ」

ナースコールが押せない方なので、こんなこともある。

「ここであっていますよ」

こちらの声かけに表情一つ変えず、

「このベッド、子どもが寝ているじゃない」

無表情でベッドを指さす姿に気味の悪さを覚えた。

ここで言い争っても仕方がないのでいったんナースステーションに戻り、世間話をしてAさんの気持ちが落ち着いてから、何事もなかったようにベッドへ戻ってもらった。


それからしばらくして、同室のBさんからナースコールが鳴った。Bさんはすでに部屋から出てきており、同じようにトイレに行きたいというので付き添った。ベッドに戻るとBさんは頭を傾げた。

「あれ、部屋を間違えたかしら」

「この部屋で合っていますよ」

「だって、私のベッドに子どもが座っているわよ」

ベッドの上には何もない。ただ、Bさんには何かが見えている。このとき、先輩たちから語り継がれてきた十五号室の噂を思い出した。

「Bさん、ナースステーションで少しお話ししましょうよ」

Bさんも同様に世間話をしてから、落ち着いたタイミングを見計らい部屋へ戻ってもらった。


それから一時間も経たないうちに、同じ十五号室のCさんからナースコールが鳴った。

手術をしたばかりの六十代の女性である。

訪室すると、トイレを希望された。術後ということもあり、単独での歩行が医者より許可されていないため、車椅子に乗ってもらいトイレに行く。

部屋に戻ると、Cさんがベッドの横を凝視している。

「いま、私のベッドの横に立っている人が見えますか」

Aさんも Bさんも認知症があり、おかしなことを言われてもそこまでは気にはしなかった。だが、今回は違う。Cさんは手術後とはいえ意識はハッキリしている。その方が同じ部屋で同じようなことを言っている。

「あの、もしかして子どもがいるのですか」

下を向くような仕草のあと、笑みを浮かべたままCさんが言った。

「ああ、あなた見えてないのね。あれ子どもじゃないわよ、背の低いお婆さんよ。そのお婆さん、さっきからずっと、あなたの後ろをくっついて歩いているわよ」

山口さんはCさんの予想外な回答に言葉が出なかった。

「まぁ後ろにいるだけですから……」

苦し紛れに答えると、Cさんが耳元に口を寄せつぶやいた。

「気をつけなさいね、そのお婆さん、あなたのことニヤニヤしながら見つめているわよ」

十五号室では、いまでも「子ども」の目撃談が絶えないという。

患者アンケート

植松さんが勤める病院では、患者さんが退院する際、アンケート用紙をお渡ししている。病院の食事や医療従事者の対応など気がついたことを書いてもらうのだ。だいたいは「ありがとうございました」とか「お世話になりました」などと書いてあるだけだが、時折患者さんからご意見を頂戴することがある。「食事が美味しくない」「看護師の言葉使いがおかしい」など、別途お手紙で頂くこともある。

ある日のことだった。戻ってきたアンケート用紙に、夜中聞こえる看護師の話し声が煩《うるさ》いと記載されていた。

部屋番号を確認するとナースステーションから一番離れた五号室。この五号室というのは普通の病棟ではなく、特別個室のような作りをしている。ほかの病室から少し離れた位置にあり、圧倒的に静かな環境にある。隣に部屋もなく、日当たりが良いように角部屋になっている。

じつは五号室に寄せられる話し声へのクレームは初めてではない。患者さん曰く「夜中になると決まって女性のしゃべり声が壁越しに聞こえてくる」という。

半年ぐらいのペースで寄せられるクレームに対し、原因はなんだろうと話題になっていたとき、三十代の男性患者さんが五号室に入院することになった。

歯に衣着せぬ言い方をするヤリ手サラリーマン。彼もまたアンケートに書くのだろうかと思い、五号室付近で会話をしないよう皆で気をつけていた。なぜならアンケートの回答が病棟の評価につながるからだ。


「看護師さん、ちょっといい?」

クレームかもしれない。ドキッとした。

「隣の部屋って、誰か入院されていますか? 夜中、話し声が煩くて……。女性の声がするんです。でも看護師さんたちの声じゃない気がするし、気になって眠れないんです」

「隣に部屋はないですよ、気のせいだと思います」

「そうかなぁ……」

患者さんは納得いかないような表情をしていた。

翌日の夜勤中、五号室からナースコールが鳴った。

「看護師さん、この部屋絶対おかしいよ!」

明らかに興奮している。

「落ち着いてください、何があったんですか?」

「壁から聞こえていた声が、今度は部屋のなかから聞こえたんだよ」

ベッドを囲うカーテンを指さしながら声を荒げている。

「落ち着いてください、大丈夫です。誰もいませんよ」

「いいや、絶対誰かいたよ。カーテンの上の隙間から外国の女性がこっちを見てたんだ。その人が日本語で言うんだよ。早く死なないかしら、って!」

患者さんの必死な形相と話す内容に驚き、声が出なかった。

なぜならその部屋は、以前外国の若い女性が病気を苦に自殺したことがあった。

翌日その部屋を移動した男性はその後、無事に退院された。

いまでも五号室に入院された方から、クレームのようなアンケートが寄せられることがある。

皆一様に「声が煩い」と書いてくるという。

叫び声

斎藤さんは昔から持病を患っており、月一回は通院していた。

社会人となり、食事や睡眠のバランスがとれなくなり大きく体調を崩してしまった。主治医と相談し、いまの状態に合わせて薬を調整する必要があるため、短期間の入院をすることになった。

入院したのは、患者さんの入れ替わりが多い都内の大きな病院。通されたのは大部屋で療養しているのはみな同じくらいの年代。自分と同じように薬の調整、検査目的、簡単な手術目的で来た人などそれぞれだった。

消灯後、目を閉じうつらうつらとしていると、

「わあああああ！」

誰かの叫び声が聞こえ、目が覚めた。時計を見ると夜中の二時、同室の患者さんは眠りについているようだった。目が覚めたついでにトイレへ行き、ベッドに戻ると再度布団をかぶり眠りについた。

翌日、何事もなかったようにＰＣを叩きながら仕事をこなし日中を過ごした。

その深夜、眠りにつこうとしていると、

「わああああああ！」

昨日の叫び声でまた目が覚めた。目覚めついでにトイレへ行き、ベッドに戻るとそのまま眠りにつく。

こんな日が三日続いた。日中のこと、同室の患者さんがこんなことを言いだした。

「夜中、叫び声みたいな声が聞こえませんか？」

「聞こえますすね。私あれで毎晩起きちゃうんですよ」

「私もなんですよ、なんですかねあの声」

そんな会話をしながら溜まっている仕事を片づけるため、会社と携帯で連絡を取りながら遅くまでPCに向かっていた。

ベッドが窓側だったこともあり、窓を少し開けて夜風の心地よさを感じていると、

「わあああああああ！」

叫び声が聞こえ、驚きのあまりPCを打つ手が止まった。いままではどこかの患者さんが叫んでいると思っていた。でも、いまの声は間違いなく窓の外から聞こえた。まるで、上から人が落ちてきているような、そんな声だった。

恐る恐る窓の外を覗くと、外はシーンと静まりかえっている。一階のコンクリート部分

に何かが落ちている様子もない。

「わああああああ！」

そのとき、見てしまった。頭上からこちらを睨みつけながら下に落ちていく人の姿を。

慌ててナースコールを押すと、

「どうしました？」

すぐに看護師さんがやってきた。

「いま、誰かが屋上から飛び降りたような気がしたんですけど……」

すると看護師さんは顔色一つ変えず、

「あ、そうですか」

窓の下をちらっと見たあと、

「大丈夫です。気にしないでください」

「いや、でも……」

「大丈夫です。この部屋の患者さん、たまにそういうこと言う方がいらっしゃるんです。それに、ここ最上階なので上から人が落ちてくることなんてまずありませんよ。だから気にしなくて大丈夫です」

翌日、退院となったため、その後のことはわからない。

せん妄と影

「せん妄」とはひと言で説明すると、脱水、感染、炎症、貧血、薬物など身体的な負担がかかったときに生じる意識の混乱のことである。入院患者さんの二〜三割に起こり、高齢者、とくに認知症を合併している方はさらに生じやすい、といわれている。

秋から冬にかけて肌寒さが感じられる季節になると、寒暖差により体調を崩したり、病状が悪化したりする人が増え、病院は忙しくなる。これは逆に夏にかけても同じことがいえる。いつもは落ち着いている病棟のベッドが埋まりはじめ、緊急入院なども増えて忙しくなり、休憩をとる暇もないくらいだ。

そうした繁忙期が落ち着きはじめたある年の春、夜勤中に私が体験した出来事である。夜勤がはじまりすぐに腹部痛で若い患者さんが運ばれてきた。幸い、命に別条はない。入院して点滴と内服で様子を見ることになり、私は調剤室から自動台車に載って運ばれてきた内服薬を本人の薬箱にセットしていた。

すると、ナースコールが鳴った。

コール画面には「〇〇号室　仲間」と表示されている。糖尿病でご入院されている高齢の女性患者さんだ。

仲間さんが入院している部屋へ入ると、カーテンの向こう側で何かつぶやいている。

「仲間さん、呼ばれました？」

「あ、看護師さん！　すぐに家族を呼んで頂戴、私帰りたいのよ！」

目を大きく見開き、明らかに興奮している。

認知症があるわけではなく、自宅では普通に暮らしていた方のはず。であれば、この症状は夜間せん妄だと確信した。

夜間せん妄とは、文字通り夜間に起こるせん妄のことである。環境の変化や身体的影響、薬の影響などがトリガーとなり、身の周りの状況を認識できず不安や混乱、恐怖心などが強く表れ大きな声を出したり、暴れたり、自宅に帰ろうとする。

興奮状態の仲間さんにどのように対応するか検討するため、一度ナースステーションに戻る。先輩看護師と相談した結果、まずは気持ちが落ち着く薬を飲んでもらい、再度眠りを促すのがよいだろう、との結論に至った。

「絶対飲みません！　私は帰ります！」

予想通りの反応にあの手この手で説得し内服してもらった。

一時間後、すやすやと寝息を立てている姿を確認して安堵した。

しかしその二時間後、再度仲間さんからナースコールが鳴った。

もう目が覚めてしまったのか。残された対処法はあまりないことに落胆し、重い足取りのまま病室へ向かうと、仲間さんは目をランランと輝かせている。

「あ、看護師さん！　すぐに家族を呼んでちょうだい！」

先ほどよりさらに興奮しているのがうかがえる。とにかく家族を呼んで欲しいの一点張りで埒《らち》があかない。

「お薬を飲みましょう」と声をかけるも、

「そんな薬、飲んだって無駄よ。この人たちがそう言っているもの」

この人たち、おそらくせん妄により、周りの人には見えない何かが見えているのだろう。

仲間さんが入院している部屋は個室のため、ほかには誰もいない。

「どの方ですか？」

なるべく刺激しないように声をかける。

「私のベッドを囲んでいるこの人たちよ！」

仲間さんはそう言い放つと、ついには布団をかぶり泣き出してしまった。

とはいえ、このまま放っておくこともできない。「いったんナースステーションでお話ししましょう」と声をかけ、泣いている仲間さんの手を引き病室をあとにした。

煌々と明かりのついたナースステーションの質素なテーブルに隣り合わせで座り、世間話からはじめ、なるべく別の話をするよう心がけた。しばらくして表情が落ち着いてきたので、自分の部屋に戻ってもらい、その後ようやく入眠された。

翌朝、日勤者へ業務の引き継ぎを終え、休憩室の椅子に腰を下ろした。一緒に働いていた先輩ナースと雑談をしているなか、

「昨日声を荒げていた仲間さん、家族が来てくれたんだね」

確かに不穏な症状が強く出てしまった患者さんに対して、家族に電話をして来てもらうことが稀《まれ》にある。

でも、昨晩は家族に連絡はしていない。そこまでの緊急性はないと判断したからだ。

誰かが電話したとしても、自分は家族の姿は見ていない。先輩は続けて言った。

「夜中、仲間さんをナースステーションに連れていったでしょ？　あのとき仲間さんの後ろから歩いていく人たちが見えたけど……」

何かを言おうと迷ったが、何も言い返さなかった。

猫のいる部屋

近年アニマルセラピーという動物とのふれあいがさまざまな分野で取り入れられている。人の心に癒しを与え、ストレス解消になるだけではなく、認知症やうつ病などの症状改善も期待できるとして、医療や福祉などの分野でも用いられることがある。

ただ、これはまだごく一部でのお話で、医療全体で取り入れているかと言われるとそうではない。皆さんも病院で動物を見たことはないと思う。ほとんどの病院でこの考えは採用されていない。

看護師の上田さんがまだ新人だったころ、入院や手術準備で忙しい午前中を乗り越え、ようやく落ち着いてきたお昼過ぎ。個室に入院されているお婆さんの体温を測っていた。

すると唐突にお婆さんが、

「ミーコちゃん、こっちへおいで」

床を見つめながらおいでおいでと手招きをしている。

「どうしました？　何かいるのですか？」

「いまね、うちのミーコちゃんが来ているのよ」

嬉しそうに笑うお婆さん。もともとあった認知症が悪化してしまった、と考えるのが自然だろう。

と、同時に足元を何かが通りぬけていった。

ベッドの下を確認するも何もいない。気のせいだろう、最初はそう思った。

翌日、再度お婆さんの体温を測っていると
「ミーコちゃん、そんなところに登っちゃだめよ、こっちへいらっしゃい」

その声に反応するかのように背後で、
スタンッ。

まるで何かが高いところから降りたような、そんな音が聞こえた。そして昨日と同じように足元を何かが通り抜けていき、ベッドの下に入っていった。確認するがやはり何もいない。

(どこかに猫でもいるのかな?)

ただ鳴き声一つしないし、何より姿を見てない。確認しようにもできず悩んだ挙句、先輩看護師に相談した。

「あのお婆さんね、自宅で猫を飼っていたらしいのよ。でも救急車で運ばれたとき、名前もわからなかったから誰も家にいる猫のことを知らなくてね。一か月後、ようやく名前と住所がわかって職員が荷物を取りに行ったの。そしたら猫がね、家のなかで亡くなってしたそうなの。もしかしたらその猫が、お婆さんに会いにきているのかもしれないわね」

冗談なのか本気なのかそんな話を聞かせてくれた。でもそうだとしたら、あれはすでに亡くなっている猫なのだろうか。疑問を残したまま翌日の夜勤を迎え、夜中の一時を回ったころ、例のお婆さんの部屋から声が聞こえてきた。

「ミーコちゃん、可愛いわね」

何かに話しかけているお婆さんの声が聞こえてくる。本当に猫がいるのだろうか、姿は見ていないが、足元を抜けていった感覚があったのは紛れもない事実だ。

疑問よりも好奇心が勝る。静かに部屋のなかに入ると、お婆さんはベッドに横になっており、お腹あたりの布団が膨らみ大事そうに撫でている。

（何かが動いてる……）

膨らみはもぞもぞと動いているのがわかる。まさかと恐る恐る手を伸ばすと、

「シャー！」

布団のなかから猫が威嚇しているのがわかり驚いて手を引っ込める。何が起きているのか頭がついていかず、

「病室に生き物は、ダ、ダメですよ！」

思わず声が上ずってしまった。と次の瞬間、

「なんで？」

お腹の膨らみから若い女性の声が聞こえた。

――ずるずるずる、ぼとっ。

膨らみが少しずつ横にずれて何かがベッドから落ちると、扉のほうへ向かっていく。

「ミーコちゃん！」

お婆ちゃんの叫び声に一瞬それは止まったが、そのままドアを出て廊下へ消えていった。

それは、髪の長い女の生首だった。


あとからわかったことだが、お婆さんには自ら命を絶ってしまった娘さんがいた。名前はミエコさんというそうだ。

病棟シャワー室

看護師の森さんはお盆の時期、一週間くらい実家に帰省することにした。仕事で疲れた身体とストレスを癒そうと、とにかくゴロゴロしていた。

「あんた、何か食べたいものはないの？」

急に帰ってきた息子に何も問わず、ご飯を用意してくれる親のありがたみが身に染みた。

帰省してから三日目のことだった。急な腹痛に襲われどうにもこうにもいかず、町にある古い病院に駆け込んだところ、二、三日入院して検査をしましょうということになった。

突然の入院。実家から昔着ていた服を持ち出し、足りないものは母親に買ってきてもらうなどして賄《まかな》った。少し遠くには大学病院もあり、そこでの入院を医者からも勧められたが、ここは実家からも近いし、何より痛みを我慢して別の病院まで移動するのが辛かった。

「ほかに必要なものはないの？」

母親の無償の愛に包まれれば包まれるほど、迷惑ばかりかけていることにだんだんと情けなくなってくる。

病院の朝は早い、七時きっかりに起こされる。もう少し寝たいとも思ったが、昨日早くに寝てしまったこともあり、目は冴えている。点滴と内服薬のおかげでお腹の痛みは徐々にとれてきた。そうなると何をすればいいかわからず、暇を持て余し病院に何があるのか見て回ろうと点滴棒をカラカラと押しながら見て回ることにした。

古い病院のためコンビニなどは併設されておらず、小さな売店とクルクルと棒が回り落ちてくるお菓子の自動販売機くらいしか見当たらず肩を落とす。病棟に戻るとシャワー室が見えた。

(ああ、そういえばシャワー、浴びてないな)

「看護師さん、シャワーに入りたいのですがどうすればいいですか」

忙しい朝の時間に何を言っているんだといわんばかりの顔をされ、ここでも迷惑をかけている気分になり恐縮した。

「シャワーの利用時間は朝九時から夕方十七時まで使用できますよ」

わかりましたと言いつつ、旧友や家族の面会が続きシャワーのことなどすっかり忘れてしまい、気がつけば十八時を過ぎていた。でもシャワーには入りたい。

「あの、シャワーってもう入ることはできませんか?」

夕食の配膳が終わりバタバタしている看護師に声をかけ、やってしまったと思った。

「森さん、明日にしてください。そういう規則ですから」

強めの口調できっぱりと断られた。シャワー室というのはナースステーションから死角になっている。ダメだとは言われても昨日も入っていない。時間は過ぎているが看護師も忙しそうにしている。こっそり入ってしまえばバレないのではないか。また迷惑をかけると思いながらも、身体はさっさと支度をはじめていた。だが、

(さすがに点滴は一人じゃ外せないな……)

お風呂には入れない現実に落ち込んでいると、一人の看護師が近寄ってきて、

「森さん、そんなに入りたいなら入ってもいいですよ」

「ありがとうございます！」

脱衣所で右腕についている点滴を外してもらい、服を脱ぎ急いでシャワー室に入る。ユニットバスのような肌色一色のお風呂場。座るための椅子は介護用チェアーのため立ったまま頭を洗うことにした。

トントン。

頭が泡だらけのなか、右肩を叩かれ手が止まる。

「……はい」

返事を返すもシャワーの水がしたたり落ちる音しか聞こえてこない。いまは目も開けられる状態でもない。手を止めたまま、

「なんでしょうか?」

ちょっと大きめの声で返答するが、なんの反応もない。

水滴をぬぐい振り向く。誰もいない。気のせいかと再度頭を洗いだすと、
トントン。

右肩を叩かれた。二回目は気のせいではない。再度頭を洗っている手が止まった。ここのお風呂場は四畳ほどのスペースしかない。シャワー室の鍵は閉めている。ほかの誰かが入ってくることなどあり得ない。窓もついてないので入口以外から入ってくることもできないはずだ。そもそも、看護師が何も言わずにシャワー室へ入ってくるなんて考えられなかった。

顔の水滴をふき取り、ゆっくり振り返るとやっぱり誰もいない。なんだか気持ちが悪いので早めに部屋へ戻った。

夜中、目が覚めた。というより、誰かに肩を叩かれた感じがした。

「はい……」起き上がるも誰もいない。そのとき、お風呂場でのことが頭をよぎり、布団をかぶるとそのまま眠りについた。

翌朝、右肩に痛みを覚え寝間着をめくると、肩の部分が指の形に赤く腫れ上がっている。

看護師に昨日のお風呂場での出来事から、今朝の肩の痣《あざ》まで一連の流れを説明するも、

そんなはずはないと取り合ってくれない。早く退院したい旨を医師に伝えても、検査の都合もあり早くて週明けと言われてしまった。

深夜、トイレに行きたくなり目が覚めた。昨日のこともあり、朝まで我慢しようと思ったがこればかりは我慢できない。携帯を手に取りトイレに向かい用を足し、部屋に戻った。

すると部屋の前で足が止まった。

(うそだ……)

部屋の入り口、その脇に腕だけが浮いている。身体はない。あるのは肩から指先までの右腕。たとえるなら身体は透けていて、右腕だけが見えるような状態で浮いている。

すると、右肩をトントン！　と叩かれ、

「うわあ！」

大きな声が出てしまった。

「どうされましたか」

不思議そうに立ち尽くす夜勤の看護師。

「腕が……」

言いかけたところで森さんは言うのをやめた。どうせ信じてもらえないだろう。もう迷惑はかけたくない。

天井

太田さんは幼いころから、学校や仕事を体調不良でほとんど休んだことがないくらい病気やケガに縁がない人生を送ってきた。ただ一度だけ、大学生のころに入院をしたことがある。大学の階段を踏み外し転落、右足を骨折しすぐに入院となった。

太田さんが入院した病室は四人部屋で、隣の窓側のベッドには同い歳くらいの茂木さんという若い女性が入院されていて、残りのベッドは空床になっていた。茂木さんとは歳が近いこともあり、入院初日から仲良くなることができた。

右足の骨折はというと手術は行わず、保存療法で治療していくことになった。足をギブスで固定し、ワイヤーを巻いて天井に吊るし、そのまま数日間固定する。そんな体勢を維持しなくてはいけないため、簡単には身動きがとれない。だからご飯を食べるときも、トイレに行くときも、何をするにも看護師の援助が必要だった。

入院二日目の夜のこと、足の痛みを薬で抑え、そろそろ寝ようかとウトウトとしていると、

カタカタカタ、カタカタカタ。

どこからか聞きなれない物音がする。茂木さんがまだ起きているのかと思い隣を見ても、

カーテン越しに灯りは漏れていない。それに微かに寝息も聞こえる。するとまた、

カタカタカタ、カタカタカタ。

どうやらこの音は天井から聞こえてきている。出所を探そうと天井を眺めていると、自分の右足が吊るされているその真上、天井裏へつながる点検口――。

そのパネルが揺れてカタカタと音を出していた。

ガタ、ガタガタ。

少しずつパネルが横にずれていき、真っ暗な天井裏が現れた。

そのなかからゆっくりと、黒い何かが揺れながら降りてくる。垂れ下がった長い髪の毛が見え、やがて目の細い女性が顔を出した。

気持ち悪いと思い布団をかぶるがこんな状況で眠ることなんてできない。どれほどの時間が経過したのかわからない、布団の隙間から天井を見あげる。

「……」

その女性はどうやらこちらをずっと見ていたらしく、目が合うと見つけたと言わんばかりににやりと笑った。慌てて枕元にあるナースコールを握りしめて布団をかぶると、ボタンを連打する。

「どうかしましたか?」

看護師の声で顔を上げると、天井の点検口パネルは何事もなかったようにもとに戻っている。

結局、眠ることができないまま朝を迎え朝食を済ますと、父親にお札を持ってきてもらえるよう連絡をした。じつは太田さん、血筋なのか昔から霊感が強く、日常的に霊のようなものが見えてしまう。お寺の住職である父親は何かを察したのか、すぐにお札を持ってきてくれたので、自分のベッドにそっと貼った。

「これで安心」

少しでも気を紛らわそうと消灯時間ギリギリまで、茂木さんと一緒にテレビを楽しんだ。

その日の深夜、

カタカタカタ、カタカタカタ。

またあの音が聞こえはじめた。

(お札は効果なかったか)

天井を見上げるも、音はそこから聞こえていない。

カタカタカタ、カタカタカタ。

どうやら隣に入院している茂木さんのベッド、その天井から聞こえてくる。茂木さんはすでに眠りについているようだった。カーテンの上部が四分の一ほどレース状になっていて、その隙間から隣の様子をうかがった。

ガタ、ガタガタ。

茂木さんの点検口パネルが外れた。黒い髪の毛が垂れ下がり、なかから昨日見た目の細い女性が顔を出した。視線をこちらに向け、目が合うとにやりと笑う。

「ねぇ…ねぇ…ねぇ…」

天井から身体を半分だしたまま、こちらに呼びかけてくる。

「ねぇ…ねぇ…ねぇ…」

答えたらだめだ。気づいていることを知られてはいけない。

目を背け、聞こえてないふりをしていると、

「なんですか?」

寝言なのかカーテン越しに茂木さんの声が聞こえた。その瞬間、こちらを向いていた目の細い女性がくるりと茂木さんへ向きなおし、にやりと笑いながら下へ降りようとしている。

(やばい、何かわからないけど、茂木さんがやばい!)

慌ててナースコールを押すと、その音に反応するかのようにするすると天井裏に消えていった。

(あれはいったいなんだ……)

翌朝、昨夜の出来事を父親に相談すると、父親は少し考えたあとに、

「もしまたそれが現れたら、数珠を持ってお経をあげなさい」

父親がお寺から持ってきた数珠を渡された。

「これで、大丈夫だよね」

自分に言い聞かせるように数珠を受け取り、枕の下にしまった。


迎えた四日目の深夜。

カタカタカタ、カタカタカタ、ガタ、ガタガタ。

昨晩同様、茂木さんの頭上にある点検口パネルが外れ、あの女性が髪を垂らして笑いながら顔を出した。こちらには目もくれず、下で寝ている茂木さんをじっと見つめている。

「うーん……」

カーテン越しに茂木さんがうなされているのがわかる。数珠を枕の下からそっととり出すと、茂木さんのほうを向いたままお経を唱えた。

「南無妙法蓮華経、南無妙法蓮華経」

女性の目がより一層細くなり、こちらをジロリと睨むと、逃げるように天井裏へ帰っていった。構わず終わるまで続け、教本をぱたりと閉じた。

（良かった。いなくなった）

真っ黒い空間が見え、開いたままになっている点検口パネル。

そのなかから、人間の両足がズルリと下りてきたかと思うと、突然——

ズドン！

何かが天井にぶらさがった。

カーテンの上の隙間から見えたもの——それは、あの女性が長い髪をだらりと下げ首を吊っている姿だった。

再度教本を開き、お経を唱え続けていると、女性はいつの間にか消えてパネルももとの状態に戻っていた。

翌朝、茂木さんが声をかけてきた。

「じつは昨晩気持ち悪い夢を見ていたんです。そしたらどこからともなくお経が聞こえてきて、その数珠を持っている太田さんの姿が見えたんです。私のこと、助けてくれたのですね」

気味の悪い体験をしたが、太田さんは治療を続け無事退院することができた。そして太田さんが退院してしばらくたったある日のことだった。自室で寝ていると、カタカタカタ、カタカタカタ。

自宅の天井から病院で聞いたあの物音がする。

(ついてきちゃったのかしら……)

何もない天井から両足がずるりと下がり、誰かが首を吊った状態で天井にぶらさがった。

「あ、茂木さん……」

苦しそうな表情の茂木さん、その手には太田さんが退院する日にお守りとして渡したお札を、ぎゅっと握りしめていた。そして静かに消えていった。

ご挨拶

看護師になって二年目の夏、宮原さんは夜勤の巡回で各病室を回っていた。患者さんを一人、二人と変わりがないことを確認し、三人目の患者さんのベッドで点滴を確認していた。

「こんにちは」

唐突に声が聞こえ、驚いて振り返ると四人目の患者さん、そのベッドカーテンの隙間からお婆さんが顔を出して挨拶をされた。

(こんな時間まで起きているのか。眠れないのかな)

「こんにちは」

再度満面の笑みで挨拶してくる。

「眠れないですか?　こんにちは」

夜中だけどね、と思いながらも返すと、

「こんにちは」

嬉しそうにさらに満面の笑みで返してくる。

(この患者さんは眠剤が必要かな、どうやって寝てもらおうか)

四人目のカーテンまで行ったとき、ふと大事なことを思い出した。

(ここ、男性部屋だ)

でもカーテンの向こうから顔を出していたのは、間違いなくお婆さんだった。

向こう側に誰がいるのだろうか。

「こんにちは」

カーテンのなかからお婆さんの声が聞こえる。やっぱりお婆さんがいる。どこかの認知症の患者さんが迷い込んだのだろうか。だとしたら放っておくわけにはいかない。

「失礼します」

ゆっくりとカーテンを開けると、ベッドの上にはお爺さんが仰向《あおむ》けになり寝息をたてている。ゆっくり視線を上にずらしていくと、正面の壁とカーテンの隙間からお婆さんが向こう側に顔を出している。その後頭部がこちらから見える。ただ身体がない。頭だけが浮いる状態。

「なんだこれ」

声に反応するかのようにお婆さんが振り返り、満面の笑みを浮かべるとそのまま消えていった。翌日、そのお爺さんの息子さんと娘さんが面会にやってきた。

「先日、母がなくなりました。相続をどうするかで母の弟夫婦が来るかもしれません。もし来たら面会は禁止にしてもらえますか？　いま父は正常な対応ができる状態ではないので。父が対応できる状態でないことは弟夫婦にも伝えてあります。よろしくお願いします」

わかりましたと伝えた一時間後、弟さん夫婦が病棟にやってきた。書類にサインをもらうだけだと面会を希望されたが、息子さんから面会は禁止にされていることを伝えると、我々も家族だと一歩も引かず堂々巡りの状態になり収拾がつかなくなってしまった。小一時間ほど押し問答をし、なんとか諦めて帰ってもらった。

そのお爺さんの床頭台には写真が飾ってある。家族で並んで映る嬉しそうなお爺さんの横に、先日見たあのお婆さんがにこやかに座っていた。

蚊柱

入院中に新しい友人ができた経験はあるだろうか。同じ病気と闘っているという境遇は親近感を生みやすいのか、仲良くなるケースは多い。とくに女性は男性よりも関係性を築くのに長けていると思う。ただ、コミュニケーションが得意な男性もまれにいる。

友人の父は若いころ、病院に入院したことがある。大きめの病院で建物はかなり古く、薄暗い長い廊下の先に入院する病室があった。病室は四人部屋でどうしても窓際をと希望したが、空いている場所がないと廊下側のベッドをあてがわれた。部屋の壁は薄汚れて剥がれている部分があり、電気がついていても妙な雰囲気だった。

入院してから数日が経ち、病状は少しずつ回復していった。病状が良くなってくるとだんだんと周りに目が行くようになる。もともと営業一筋だったこともあり、会話がないことがストレスになり、意を決し同室の患者さんと話すようになっていった。

「どこに住んでいるの?」

「いまの見舞客は誰だったの?」

年齢も割と近いこともあり会話もはずんだ。病院でできる友人も悪くない。仕事も違う人とつながることなんて、そうそうない。病院の待合室で交わされるご老人たちの病気自慢に対して、この年齢では仕事の愚痴自慢がはじまる。

「うちなんてさ――」

「へーそうなんだ。いやいや、うちもさ――」

他愛もない会話が楽しく、たまの入院も悪くないと思いはじめていた。

そんななか一つだけ、気になることがあった。夜中に音が聞こえる。それはまるで誰かが壁を叩いているような音。夜中にたまたま目が覚めたとき、
コンコンコン。

横の壁をノックする音が聞こえた。看護師なら静かに部屋に入り、寝ているかのチェックに来るはず。廊下に人の気配はない。

(聞き間違いだったのかな……)

こんなこと、同室の人に言っても仕方がない。誰かが壁を叩いていたとしても、いったいそれがなんだっていうのだ。目が覚めても誰にいうわけでもなく、いつも通り日中を過ごした。

その日は消灯時間きっかり眠ったが、また夜中に目が覚めた。

コンコンコン。

丁度壁に背を向けた状態でノックする音が耳に入った。

またか――。ゆっくりと振り返り、壁のほうを見てぎょっとした。

部屋の入口付近、そこに見たこともないような黒い塊《かたまり》がある。小さな黒い虫のような物がたくさん集まり、それが動きながらひと固まりになったように見える。蚊柱をもっと濃くしたような黒い塊は少しずつ微妙に位置をずらし、入口付近を移動していた。

（絶対いいものではない、気づかれてはいけない）

布団をかぶり寝ている振りを続け、気がついたら朝になっていた。

「最近さ、夜中に壁を誰かが叩くんだよ」

とうとう我慢できず同室の患者さんに相談した。自分以外はそんな音聞いたことがないという。試しに壁を廊下から叩いてもらうと音はあまり聞こえず、部屋の外から叩いた音ではないのだとわかった。まさかと思いながら自分でベッドの横の壁を叩くと、その音はまさに夜中に聞こえた「コンコンコン」という音だった。つまり、壁は室内から叩かれていた。

そしてあの黒い塊を見た夜から、時折塊が見えるようになった。リハビリがてら病院内を歩いていると、黒い塊があちこちに見える。あるときは長い廊下の天井や床にこびりついており、別の日には隣の病室の窓側に位置するベッドの傍に見えた。黒い塊は夕方暗くなるころから、夜中にかけてがとくに見えやすい。

「知ってるか、隣の人が亡くなったらしいよ」

同室の人が悲しそうに教えてくれた。前日に塊が見えた奥のベッドの人。そこまで悪くはなかったのに、急変して亡くなってしまったとのこと。

それから時間が経ち、ようやく待ちに待った退院の日が近づいてきた。退院前日、担当医と話している際、父親は嫌な気持ちになった。

担当医の身体から、黒い塊がヒョコヒョコと出たり入ったりするのを見てしまった。

この先生も死んでしまうのか。

もやもやしたまま退院し、数日後。挨拶もかねて菓子折りを持って病棟へ立ち寄った。

顔見知りの看護師を見つけお菓子を渡しながら話しかけた。

「担当されていた○○先生だけど、あなたが退院したあとに亡くなったのよ」

やっぱりそうか。良い先生だったから残念でくやしかったが、どうにもできないこともわかっていた。

その病院に行くといつか自分にもあの黒い塊に取り憑かれそうな不安にかられ、病院を変えた。それ以来、黒い塊は見ていないという。

氷砂糖

入院中の食事制限ほどつらいものはない。食事以外にも、塩分制限、糖分制限、水分制限など病状によりさまざまな制限が課せられることがある。このなかで一番つらいと言われているものが、水分制限だといわれている。

「水が飲みたい……」

実際私も病院で働いていたころ、この言葉を何度聞いてきたかわからない。

看護師の長田さんが病棟に出勤すると、

「長田さん、あのお婆さんがまた転院してくるから、担当よろしくね」

主任から声をかけられ思い出した。長いこと入退院を繰り返しているお婆さんがいる。政府が定めた医療料金の算定上、同じ病院に長くいることができない。入院期間が三か月を超えてしまうと、食費とベッド代くらいしか収益がなくなってしまう。その対策として、施設が見つかるまでという条件のもと、病院と他病院を行ったり来たりを繰り返していた。

お婆さんも最初は会話することができていたが、徐々にそれも難しくなり日を追うごとに衰弱していった。水を飲む力も衰え、誤嚥《ごえん》してしまう可能性があるため水分は点滴から投与するようになった。あるとき、お婆さんは枯れそうな声でつぶやいた。

「甘いものが食べたい……」

もうかれこれ二年間、お婆さんの担当看護師として傍にいる。家族とは疎遠になっていてお会いしたことがなく、本当は自宅に帰りたいのに帰れない。施設は見つかるのだろうか。せめて甘いものを食べたいという願いだけでもなんとか叶えてあげたい。でも、食事やお菓子を出すわけにもいかない。

悩んだあげく、下の売店で購入した氷砂糖を小さく砕き、医者には内緒でこっそり口のなかに入れた。

(笑った、いま、笑ったよね)

しばらく表情のなかったお婆さんに一瞬笑顔が戻った。

なんだかとても嬉しかった。それから時折氷砂糖を砕いては、そっとお婆さんの口のなかに放り込んだ。

この状態をいったいいつまで繰り返すのだろうか。また二、三か月後に会えるのだろうか、いや現状ではもう無理だろう。

数週間後、お婆さんはまた転院された。

「お婆ちゃん、また待っているからね」

別れ際、おそらく最後の挨拶になるであろうと思いながら見送った。

それから二日後の夜勤のことだった。時折訪れる緊急入院ラッシュを乗り越え、休憩室のベッドにシーツを敷くと倒れるようにもぐりこんだ。疲れがたまっていたのか、すぐにウトウトしはじめたそのときだった。

ガチ。

誰かに腕を掴まれた。細い指が皮膚に当たる感覚がする。

ググググ……。

掴まれている部分に力が入っていくのがわかる。

「痛い、離して」

目を開くと掴んでいた手がすぅっと暗闇に消えていった。もちろん休憩室には誰の姿もなく、恐ろしい出来事のはずだが、不思議と怖さを感じなかった。

「あの、私の休憩室に誰も来ていませんよね」

「行ってないよ。何かあったの？」

先輩は不思議そうな表情をしている。いま起きたことを話しても信じてもらえるはずがない。掴まれた部分にはしっかりと、細い手形が赤く残っていた。

休憩から戻るとまた忙しくなり、手形も夜勤が終わるころには消え、そんなことがあったのも時間とともに忘れていった。

さらに数週間後、転院したお婆さんの家族が病棟に来られた。この二年間ほとんど病棟には姿を見せず、面会に一度も来ることもなかったことに対し、怒りさえ覚えていた。

「母が大変お世話になりました」

なんでも病棟にクオカードを忘れてしまったため、取りに来られたという。お金だけはしっかり回収しに来る姿に呆れて言葉が見つからなかった。

「じつは、○月○日の○時に、母はこの世を去りました。お世話になりました」

「そうなのですね。ご愁傷様です」

覚悟はしていたが、ついにこのときが来てしまった。

（え？　○月○日？）

亡くなった日や時間を聞いて驚いた。あのとき、夜勤の休憩中に腕を掴まれた時間とまったく一緒だった。お婆さんはお礼を言いに来てくれたのか、それとも氷砂糖が食べたかったのか。

いまでも氷砂糖を見かけると、あのお婆さんを思い出す。

桜の木

ベッドの場所を窓側に変更を希望される方が時折いる。それはそうだろう、廊下側には壁しかない。日の当たるベッドと当たらないベッドなら、ほとんどの人が日の当たるベッドを希望される。

しかし、病院側からするとちょっと面倒な希望ともいえる。すぐに入院できる状態にしてある綺麗な床へベッドを動かし、荷物を移動させカルテ上の変更もする。さらに移動した床の清掃も、清掃の方にお願いをしなければならない。だからもし皆さんがベッドの位置を変えてほしいと思ったなら、ぜひこの話を読んでから検討してほしい。

看護師の浅田さんが勤める病院には、絶対に患者さんを入院させないベッドがある。部屋自体は使っているが、四つあるベッドのうち、廊下側に位置する右のベッドがそれにあたる。実際に入職後、一度もそのベッドを使っているところを見たことがなかった。なんでもそのベッドに入院させると、普通の人でも頭がおかしくなったり、奇声を発するようになったりしてしまうといわれていた。しかし、噂をもとに守られてきた掟など、看護師長が変わることで簡単に一変する。

「そんな噂、あるわけないじゃない。ベッドを空けて楽をしたかった看護師の思いつきでしょ」

　何年も使用していなかった七号室の五番ベッドを使うことになり、病棟がざわめいた。

ある日、検査目的で中年の男性がそのベッドに入院することになった。

入院翌日、体温を測っていた看護師に患者さんが申し訳なさそうに口を開いた。

「入院したばかりで申し訳ないのだけど、部屋を移してもらえませんか？」

突然の申し出に驚いたが、理由が気になった。

「ここの部屋、何かありました？」

困った表情のまま患者さんは頭を傾げ、

「いや、やっぱり大丈夫です。見間違いかもしれませんし」

「そうですか。また何かあれば遠慮なく言ってくださいね」

ただ、ベッドがベッドなだけに放ってはおけない。わかりましたと自分に言い聞かせるように黙ってしまった患者さんに、後ろ髪を引かれるよう仕事へ戻った。

翌日、同僚が声をかけてきた。

「ねー、聞いた？　あの七号室の五番ベッドの患者さん。昨晩大変だったみたいよ」

なんでも夜中に突然騒ぎ出し、駆けつけた看護師に、

「般若《はんにゃ》が、般若が出るんだよ！　ベッド変えてくれよ！」

大人の半狂乱な状態に、夜勤の看護師も驚いた。

「般若、ですか？」

「いや般若というか、般若のようなものが出るんだよ！」

男性曰く、消灯後両開きのカーテンが静かに開き、見開いた目玉、大きく開いた真っ赤な口、まるで般若のような形相の顔だけが入ってきて、こちらをじっと見つめているというのだ。顔だけが宙に浮いている状況に、これは人間ではないと思ったそうだ。

「夢かもしれないけど、気持ち悪いから、移動させてくれ！」

夜勤の看護師は見間違いじゃないですか？　と茶化していたのだが、男性の表情や言動に何も言えなくなってしまった。ただこの部屋でそんな話をしているのはこの男性だけ。本当にそんなことあるのだろうかと半信半疑だった。しかし本人の強い要望に押され、仕方なくベッドを窓側へ変え、その後は何も言ってこなくなったとのこと。

浅田さんが病室を訪ねると、落ち着いて過ごされている男性を見て、本当に般若が出てきたのかもしれないと思った。やっぱりこのベッドは何かあるのではないか、皆がそう思いはじめたころ、そのベッドに七十代後半のお爺さんが入院された。

「うわーーー！」

夜勤だった浅田さんの耳に、断末魔のような叫び声が聞こえた。慌てて駆けつけ何があったのか聞くと、言うことは同じだった。

「般若が出る！」

明らかに目が泳いでいる。

「落ち着いてください。何があったのですか？」

「落ち着いているよ！　般若みたいな顔したやつがベッドを覗きにくるんだよ！」

切羽詰まった様子でそう訴えてくるが、あいにくベッドが空いてない。後日変えましょうとお伝えした翌日の朝、お爺さんはベッドで亡くなっているところを発見された。

その話を聞いた先輩がボソっとこう言った。

「あのベッドで般若を見たって言う人、だいたい亡くなるのよね」

浅田さんが勤めていた病棟はリハビリ療養病棟。入院されている患者さんの身体状態は特別悪いわけではない。むしろ病院内では病状が落ち着いた方の多い病棟に分類される。

あの部屋には何かある。病院内で唯一、大きな桜の木が見えるあの部屋。五番ベッドはいまでも使われず、そのままになっている。

クロイ粒

看護師の馬場さんが働く病院に、脳梗塞で入院になったお婆さんがいた。

家族がものすごく熱心な方で医者の回診時間に合わせて病室で待機し、

「母の状況はどうですか」

「こないだの検査はどうでしたか」

次から次へと質問していく。脳梗塞の度合いから回復の見込みは難しいと何度説明しても、回復を信じて足しげく通っていた。病状は平行線、悪くもならないけどよくもならない。疾患の状態を考えたら仕方のないことだが、病気を受け入れるということは家族も同様に大変であることを目の当たりにしていた。

しかし数週間が経ったころ、奇跡が起きた。いままで話すことのできなかったお婆さんが時折しゃべるようになり、目も開けるようになった。ほとんど意識のない状態だったお婆さんに変化が起きたのは病棟としても喜ばしいこと。

しかし少し妙だった。まず、目を開けるようになったが、天井をずっと見つめている。

さらにしゃべるようになったが、

「子ども！　子ども!!」

としか発しない。

数日経っても同じような状態だった。

そんな日が続いていたある日、ナースステーションにいた看護師が青ざめた表情でこう言った。

「あのお婆さんが入院している部屋って、もしかして……」

その場にいたスタッフは凍りついた。お婆さんが入院している部屋は十五号室。そこに入院する患者さんは、口を揃えるように「子どもがいる」とナースコールを押してくる部屋だった。

「お婆さんには何かが視《み》えているのですかね」

皆一様に黙ってしまった。そもそもなぜお婆さんが突然目を開け、しゃべりだしたのか。

話は数週間前にさかのぼる。お婆さんの病室で看護師が妙なものを見つけた。薬を口から飲み込むことができないため、治療上鼻からゴムの管を通し栄養や薬を胃のなかへ送りこんでいる。そのためのシリンジと呼ばれる針のついてない注射器が紙コップに入れられてお婆さんの部屋の床頭台に置いてある。そのシリンジのなかに黒い粒が残っていた。当時、お婆さんに投与している薬のなかで黒い粒なんてものはない。薬同士が化学反応で黒くなることもあるが、そんな薬も入ってないし、いままでも黒くなったことなどなかった。

「これはなに？　なんで黒いの？」

薬が追加や変更になった経緯もない。明らかに薬とは別のものが投与された痕跡がある。

いったい誰がこの黒い粒をお婆さんに投与したのか。犯人はすぐに見つかった。それはお婆さんの家族だった。

「何しているのですか？」

看護師が訪室した際、家族がシリンジに何かを入れ、鼻から投与していた。

「先生の許可なく、患者さんに何かを与えてしまうと責任がとれませんよ」

すると家族はさも当たり前のように、

「この薬は母に必要な成分が入っているのです。いまはこれが必要です」

家族は手を止めることなく流し続けた。

「それ、漢方ですか？」

「これは私の信頼する○○教の○○さんから購入した奇跡の薬です」

目が点になった。漢方でも医薬品でもなく、家族でさえ中身のわからない、得体の知れないものを大事な家族になんの疑いもなく投与している。鼻の管から黒い粒がどんどんと流れ込んでいる。

「お願いですから一度先生に相談させてください」

しかし聞く耳は持たず、それからもシリンジ内に黒い粒が残っていることがあった。病棟内で情報共有し、どのように対応していくかが話し合われ、黒い粒の正体がなんなのか薬剤科で調べてもらう流れとなった。

「これ、サイロシビンですね」

薬剤師が怪訝な顔をしながら教えてくれた。

サイロシビン。別名、マジックマッシュルーム。

一時期若者の間で流行った幻聴・幻覚作用を引き起こす成分が含まれているもの。現在では販売すること自体が違法となっている。この黒い粒を家族がお婆さんに投与し続けて数日後、お婆さんは突如開眼ししゃべるようになった。

ただ不思議なことに、状態に変化が見られた翌日から、家族はぴたりと面会に来なくなった。結局、その後も家族は一度も面会に来ないまま、お婆さんは施設へ転院された。家族はお婆さんに黒い粒を投与し続けていったいどうしたかったのか。

「子ども！　子ども！」

十五号室の天井を見つめたまま叫んでいたのは、何を訴えたかったのか。施設では安寧な余生を過ごしていることを願うばかりだ。

アンプタ

日本の三大疾病の一つと呼ばれている糖尿病。現代において八人に一人が罹患しているともいわれている。糖尿病の合併症である神経障害や血管障害により、四肢の末端部分に壊疽《えそ》が起こった場合、放置すると切断せざるを得なくなってしまう。

石島さんが看護師として内科病棟で働いていたころ。二人用の女性部屋で、手前のベッドに糖尿病により両下肢を切断（アンプタ）されたお婆さん（Aさん）が入院されていた。奥のベッドには認知症のお婆さん（Bさん）が長いこと入院されていた。

Aさんは意識状態が悪く、声をかけても反応がない終末期の方。さらに体重も百キロ近くある身体の大きな方だった。疾患の状態的にも、いつお亡くなりになってもおかしくない。

Aさんにとって最善の最後とはなんだろうか。病棟内でカンファレンス（話し合い）を行った。

「最後はきっと綺麗な状態がいいよね」

状態が悪く入浴もままならなかったAさん、最後の瞬間を迎えるにどうすればいいのか。

医師と家族も交え話し合った結果、シャワーは入れないかもしれないが、身体を温かいタオルで拭くことにした。朝の身体状況を確認し、看護師三名で一挙一動丁寧に介入する。ゆっくりケアを進めていたが、その途中で事態は急変した。表情は青ざめ、急激に血圧が下がっていき呼吸状態も著しく変化した。状態が悪化したため大急ぎでリカバリー室に移動し延命処置を行ったが、結局そのままお看取りとなってしまった。

病棟は悲しみに包まれたが、Aさんについて先輩たちとデスカンファレンス（スタッフ同士でその患者さんの死後、関わり方や経過を振り返るスタッフの精神状態回復や終末期ケアの質向上を目的とした会議）を行い、

「きっとAさんも喜んでくれたはずだ」

という結論に至り、気持ちも落ち着き数日経ったころ――。

Bさんは認知症で普段から辻褄の合わない発言のある方だった。その日も体温を測りながらお話を聞いていると、取り留めのない話のあとに、

「最近、足のないおばあちゃんが遊びに来るの」

と話しはじめた。そのとき手前のベッドはまだ空床だったので、

「おばあちゃんは誰も来てないと思いますよ。でも足がないなんて不思議ですね」

となんとなく返事を返した。

すると、いつも穏やかだったBさんが大きく目を見開き強い口調で、

「いないってなに⁉　あなたが殺したくせに‼」

急に大きな声を荒げたBさんに驚いた。間をおいてから、

「なんのお話ですか？」

と聞き返すと、Bさんは普段の穏やかな様子に戻っていて、

「なんのお話って、なんのお話？」

その後、Bさんはもとの施設に戻っていかれた。

急変部屋

入院する部屋というのは患者さんの状態によってだいたい決められている。ナースステーションから近い部屋には状態の悪い方や認知症の方などが入院され、遠くなればなるほど状態が安定している方が入院される。何かあったときにすぐ対応できるようにするため、この方式はほとんどの病棟で行われている。

インテリアデザイナーの女性患者さん（湯川さん）が二十代のころ、盲腸で入院することになった。湯川さんは社会人になったばかりで忙しい毎日を送っていたが、突如右のわき腹あたりに激痛を感じ病院へ駆け込むと「盲腸ですね。入院しましょう」と言われた。とにかく激痛なのですぐに「はい、お願いします！」と答えるが、

「いや、湯川さんやっぱだめだ。ベッドが一杯で今日は入院できないから、別の病院を紹介するね」

と医者に告げられた。湯川さんは痛みに耐えてほかの病院まで行く自信がない。

「先生、なんとかここに入院できませんか」

医者は困った顔をしつつも、

「うーん、入院する部屋はどこでもいいですか？　それならなんとかなるかもしれない」

わがままを通し半ば無理やりに、入院させてもらうことになった。

一階で手続きを済ませ病棟に上がると、四人部屋の病室に案内された。荷物を片づけ同室の患者さんに軽くご挨拶しよう思ったが、どのベッドもカーテンが閉まり、なかから一定の電子音が聞こえてくる。看護師に確認すると、同室の患者さんは全員寝たきりの状態だった。促されるまま寝巻きに着替えて点滴をつながれ、鎮痛剤を飲むとホッとしたのか、すぐに睡魔に襲われそのまま寝てしまった。

目が覚めると部屋の電気は消えており、時計を見ると夜中の一時を回っている。横になっているその背後、なんだかベッドのわきに誰かが立っている気配を感じた。

看護師かと思い寝返りをうち声が出なかった。目の前には病衣を着た見たこともないお婆さんが、無表情で立っている。

「どなたですか？」

声をかけると悲しそうに消えていった。

ピーピーピー。

病室のどこかで何かのアラームが鳴っている。看護師が慌ただしく動きだし、駆け込んでくる。

「家族に電話して！」

慌てている声を聞いて察した。誰かが危険な状態になっているのであろう。ベッドを運び出す音が聞こえる。

するとまた静寂に包まれ、気がつくと眠りについていた。

翌朝、病室の一部が空床になっており、どこかに連れていかれてしまったお婆さんはその後、戻ってはこなかった
昨日は気にならなかった機械音が、体調が回復してきたこともあり妙に気になる。日中は音が気になり落ち着かないのでディルームで過ごした。

そして消灯後、また夜中に目が覚めた。病室のなかで機械音が鳴り響いている。日中よりも夜間のほうがアラームのようなものがよく鳴っている気がした。

（これじゃ眠れない。朝、部屋を変えてもらえるようにお願いしてみよう）

静かに鳥肌が立つ。背後に誰かがいる気配がする。振り向きたくない。でも、気になる。

（この部屋、本当に嫌だ）

ピーピーピー！

部屋のどこかでアラームが強く鳴りはじめる。

身体を起こすと、ベッドの脇に見知らぬお婆さんが無表情で立ち、湯川さんの顔を見ると悲しそうに消えていった。数人の足音とともに看護師が慌ただしく入ってくる。

「そっち持って。いくよ」

ベッドがどこかに運び出される音が聞こえる。翌朝、看護師にそれとなく聞いてみた。

「昨夜は大変でしたね」

「そうですね、病院ですからね。夜は眠れました?」

詳細はもちろん教えてもらえない。運ばれた方が戻ってこないところを見ると、おおよそ亡くなっているのだろうか。

お昼過ぎになるとほかのベッドが空いたのか、こちらから何も言わずとも部屋を移動することになった。移動した病室にいた患者さんから聞いて驚いた。患者さんの間では陰であの部屋のことを「死に部屋」と呼んでいる。

「あの部屋から移動してきたのは、あなたが初めてよ」

だから機械のアラームがあれほど鳴り響いていたのか。でも一つわからないのは、なぜ湯川さんのところへ現れたのか。何か伝えたいことがあったのだろうか。無理にお願いしたこちらが悪いのだが、大変な病室に入院させられてしまった。

それ以降、あの病院には行かないようにしている。

精神安定剤

認知症では、同じことを繰り返したり、尋ねたり、食事を食べたことを忘れてしまうことがある。症状というのは人それぞれなのだが、どれも記憶に障害が起きている。

看護師の長尾さんが勤める精神科の病棟にお爺さんが入院してきた。その方は脳梗塞の症状が一時的に出現し、また同じような症状が出ないか精査目的で入院となられた。通常だと脳外科へ入院となるのだが、あいにくベッドが空いていない。認知症もあるということで、とりあえずベッドが空くまでは精神科へ入院となった。

日常生活動作はすべて自分でできる方なので、身体は元気。不安がよぎる。

「わしはもう帰る！」

案の定、施設へ帰ると暴れ出してしまった。

「治療が必要なのでもう少し待ってください」

看護師の悲痛な訴えも届かず、荷物をまとめはじめる始末。

「これは薬を飲んでもらうしかないわね」

先輩看護師と顔を見合わせ、気持ちが和らぐ薬を飲んでもらい、ようやく落ち着きを取り戻した。放っておくと帰る支度をはじめてしまうため、日中は常に車椅子に乗ってもらい、看護師と一緒に行動をともにしてもらうことにした。

そんなことを繰り返していたある日の夜勤のことだった。お爺さんの病室から声が聞こえてきた。

「それはダメだよ。看護師さん、早く来て！」

「どうしましたか？」

訪室すると、おじいさんが目の前を指さしながら、

「看護師さん、あれはダメだよね」

指さすほうに目線をやると、空のベッドがあるだけで何もない。

「お爺さん、そこには誰もいませんよ？　それより早く寝ましょう」

優しく声をかけるが、まるで聞いてない。

「あーダメだよ、これはダメだ！」

正面見据えたまま同じことを繰り返している。こちらが何を言っても聞いてもらえない。

仕方がないので睡眠導入剤を内服してもらった。そういった際には全部記録をしており、内服に至った経緯や患者さんの状態、内服時間、効果の有無など詳細な記録をカルテに残している。昨夜の記録を見ると、同じような発言をしていることがわかった。

「看護師さん、こっち来て！」

「あーあー、ダメだ！」

自分が聞いたようなことを、別の夜勤の日にも言っている。あまりに毎夜騒いでしまうため、寝る前に睡眠導入剤が開始となった。

「看護師さん！　早く来て！　あーだめだよ」

夜間巡回をしていると、あのお爺さんの声が聞こえてきた。

薬を飲んでも目が覚めてしまうようになってしまったか。部屋に行くと、ベッドから身体を起こし目の前を見つめている。

「ダメだよ！　だめだめ！」

こんな状況のため、この病室にほかの患者さんを入れられない。だから部屋には誰もいないはずだ。いったい何に向かってそんなに騒いでいるのか見当もつかなかった。

「何がダメなのですか？」

声をかけるもこちらの言うことはまったく聞いてもらえない。追加の薬を準備するため退室しようとしたとき、お爺さんがこちらを向き、こう言った。

「看護師さん、薬持ってきてもダメだよ。見てごらん、首が取れているでしょ？　そこの女の人、ほら、首が」

長尾さんは絶句した。昔その病室では飛び降り自殺があり、飛び降りた女性をちょうどトラックが跳ねて首が飛んだ事件があった。

「ほら、こっちを見てるよ」

地面を指さしている姿を見て、我慢できずにほかの看護師を呼びに行った。

翌朝おじいさんは脳外科へ転棟となったが、その病室に入院される患者さんからたびたび同様の話を聞くことがあるという。

赤ちゃんの泣き声

槇田さんは大学卒業後、看護師として都内の病院で働いていた。友人が開催したコンパで知り合った不動産関係の男性と結婚し、妊娠を機に実家へ戻ると近くの産婦人科で里帰り出産することにした。

そこは昔からある産婦人科で、槇田さん自身もそこで産まれていた。田舎の産婦人科ということもあり、母親の時代からいるベテランの助産師や看護師、優しい医者に囲まれ、戻ってきてよかったと心から思った。

妊娠三十五週を過ぎ、そろそろ出産も間近に迫ってきたころ、陣痛がはじまった。

「あの、陣痛がはじまりました」

病院に連絡するとすぐ来てくださいと言われ、翌日には元気な赤ちゃんを出産した。

出産というのは、交通事故レベルの負担が身体にかかるといわれている。体力を使い身体は明らかにダメージを受けている。出産翌日はぐったりとしていたが、授乳もはじまるしのんびりはしていられない。小さい産婦人科のため病室は四つぐらいしかなく、ましてや個室などの設備はなかった。入院されている人たちも妊婦さんだけでなく、産婦人科でかかる病気の人もいるようだった。

この産婦人科は母子同室といって、基本的に赤ちゃんとお母さんが同じ部屋で寝泊りする。お腹が空いて泣く赤ちゃんに起こされ、眠い目をこすりながらミルクをあげる。

同じ部屋にはほかに三人のお母さんと赤ちゃんがいるらしく、順番に泣いて起きて泣いて起きてと繰り返していた。翌朝、向かいに入院されている人に挨拶をし、斜め向かいの人にも挨拶をした。隣の人にも挨拶をしようと思ったが、なかなかベッドから出てこない。疲れて赤ちゃんと一緒に寝ているのかな、タイミングが合ったときにしようと思った。

初めての出産、わからないこともたくさんある。自分のことだけでも精一杯なのに、そこに愛するわが子がいる。忙しく挨拶など律儀にできるほど心の余裕はないのが正直なところだった。

その日の夜、赤ちゃんの泣き声に目が覚めた。

「おんぎゃー、おんぎゃー」

隣のベッドの赤ちゃんが泣いており、お母さんがあやしている声が聞こえてきた。

「はいはい、起きたのね。ごにょごにょごにょ」

聞こえてきたのはお婆さんの声だった。高齢出産なのかとも思ったが、それにしても高齢すぎる。家族がいるのか。でも出入りしているところを見たことがない。耳を凝らして聞いていると、お婆さんがボソッとこう言っている。

「ここに来るな。早く帰れ！」

どういうことなのだろう。赤ちゃんが泣き止んだあと、必ずその言葉をつぶやいている。

「おんぎゃー、おんぎゃー」

「いい子ね、よしよし……ここに来るな。早く帰れ！」

最初は自分に対して言っているのかと思ったが、どうやらそうではない。それは間違いなく、あやしている赤ちゃんに向かって言っている。もしかすると、産後の疲れから精神が参っているのかもしれない。心配になり体温を測りに来た看護師に声をかけた。

「あの、隣の方なんですけど……」

「はい、Aさんがどうしました？」

槇田さんは声を落として聞いたのにもかかわらず、名前を出され面喰ってしまった。

「お隣さんが思いつめたようなことを口にされていたので、大丈夫かなと思いまして」

看護師は不思議そうな顔をしながら、

「Aさんがですか？　お隣ってこちらの方ですよね？」

静かに頷いて答えると、看護師はおもむろにベッドとベッドの間に引いてあったカーテンをサッと開けた。ちょっと待ってという前にカーテンは全開になり、お隣さんと目があった。

その光景に槇田さんは目を見張った。確かにいま、隣の人と目が合っている。だが、そのお婆さんは意識がはっきりしていないように見えた。看護師はこう続けた。

「Aさんね、寝たきりでしゃべれないのよ。それに赤ちゃんなんていないわよ」

「そうですか……」

頭が追いつかなかった。赤ちゃんの泣き声はどこから聞こえていたのだろうか。

お婆さんの床頭台には、和服を着た古い人形が置いてあった。

「槇田さん、もしかして幽霊とか見たことあるの？　私はそういうのあまり信じないほうなんだけど。ほかの看護師がね、この人形が動いているところを見たことがあるっていうの。私は信じてないけどね」

翌日部屋を変えてもらい、その後どうなったかはわからない。

空き部屋

川沿いにある病院に勤めていた看護師の吉原さん。ある晩、病棟を巡回していると若い女性の患者さんが、病室の前に立ってなかを覗いている。

「どうかしました？」

夜中になにをしているんだろうと思い声をかけた。

「あそこ、誰か寝ているわよ」

患者さんは病室のなかを指さしている。病室の扉は大きなガラス窓がはまっており、外からでも部屋のなかがよく見えるようになっている。ただそこは空き部屋のはず。言われるがまま、ガラス越しに覗くと、一番奥の窓際のベッドに確かに誰かが寝ている。

「本当ですね。この部屋は使っていないはずなのですが」

認知症の患者さんが間違えて入ってしまったのだろうか。ドアを開けなかに入った。

「……」

誰もいない。ベッドの下や窓の外も確認するも、部屋には誰もいない。

（おかしいな）

先ほどまで膨らんでいたベッドは綺麗にしわが伸びている。廊下から覗いていた患者さんを振り返ると、ベッドを指して「そこにいる」とジェスチャーしている。

「誰も居ませんよ」

その言葉を聞くと患者さんは不満そうにどこかへ行ってしまった。

そもそもあの患者さんはどこから来たのだろうか、うちの病棟の患者さんではない。

翌週の夜勤時、その病室を覗くと一番奥のベッドに誰か寝ている。

「また誰か寝ている」

寝ていた人がくるりとこちらを振り返り消えていった。

「……え?」

見たこともない顔の患者さん。いや、見たことがある。あのとき廊下に立ち、部屋を覗いていた女性と同じ顔をしていた。

いまもその病室から、車椅子の動く音や物音が聞こえることがあるそうだ。

ダダダダダダダダ!

羽尾さんが当時住んでいた自宅は大きな川の前にあり、川の向こう側には無数のお墓が並んでいた。それが原因なのかわからないが、幼少期から不思議なことが多々あった。とくに二階は寝室になっているが、嫌な気配をいつも感じていた。

羽尾さんが小学校二年生のころだった。その時期はすでに一人で寝ることが多く、夜中トイレで目が覚めてしまうと、一人では怖かったため必ず親を起こして一緒に行っていた。

ある晩、部屋で寝ていると、ダダダダダ! ダダダダ! という音が聞こえた。

誰かが階段を勢いよく駆け上がっては降りて、駆け上がって降りてと繰り返しているようだ。妹が一人いたがまだ幼かったため、こんな夜中に起きているはずもなく、それを両親が放っておくこともないだろう。

翌朝起こしにきた母親に尋ねると、

「あんた何言っているの。お父さんもお母さんも何もしてないわよ」

あれは夢だったのだろうか。

ダダダダダ! ダダダダ!

その日の夜、再びものすごい物音で目が覚めた。昨日よりもさらに大きな音で階段を駆け上がるのが聞こえてくる。

なんだろう……？　怖いながらも好奇心に負け見に行くことにした。廊下の壁についている階段の電気に手を伸ばす。

白い蛍光灯がパチパチと音を立てて点灯した。階段には誰もいなかった。

ダダダダダ！　ダダダダ！

誰もいないはずの階段を、何かが駆け上がり降りていく音だけが聞こえる。

「なにこれ……」

何が起きているのか理解できず、急に恐ろしくなった。慌てて隣の部屋で寝ている両親の部屋に転がり込んだ。

「お母さん、ねぇ、足音しない？　ダダダダっていう階段を走っている音！」

母親の肩を揺さぶりながら訴えた。すると母親は眠そうに目を半分開けると、

「あんたなに言うとん、頭おかしくなったんか？」

ダダダダダ！　ダダダダ！

「聞こえへんの？　音すごいねん。めっちゃ聞こえんねん。階段を昇り降りしてる音やで。聞こえへんの？」

「いい加減にせぇよ。早よ寝ぇや」

まったく取り合ってもらえず、母親は布団をかぶり背中を向け寝てしまった。

ダダダダダ！　ダダダダ！

ここにいても仕方がない。とにかく自分の部屋に一回戻ろう。

ただ、そのためには階段の前を通らなくてはいけない。廊下へ顔を出すと、電気が消えている。

（誰が消したんやろか……）

ダダダダダ！　ダダダダ！

音は相変わらず廊下に鳴り響いている。刺激しないように一歩ずつ静かに歩みを進める。

ちょうど階段の前に差しかかったとき、両足が急に重くなったと思った矢先、そのまま階段から転げ落ちてしまった。慌てて起きてきた両親が救急車を呼び、そのまま病院へ運ばれた。

気がつくと入院して二日が経過していた。頭も強打していたため、検査も含め一週間ほど入院することになっていた。その病院には小児病棟がなかったため、まだ小さかった羽尾さんは個室で入院生活を送っていた。入院して三日目の消灯後。

ダダダダダ！　ダダダダ！　誰かがベッドの周りを走っている物音で目が覚めた。その音は家で聞いた階段を駆け上がる音と似ており、やむことがなかった。音は聞こえるが、姿は見えない。成すすべもなく布団を被っているといつの間にか眠りについていた。

「夜中、誰か来ましたか？」

朝方、体温を測りに来た看護師に昨日起きたことを話してみた。

「誰も行ってないよー。部屋は覗いたけど、羽尾ちゃんの横で走ってないよ」

家での出来事といい、病室での出来事といい、いったいなんなのだろう。

結局、その日の夜も走り回る足音で目が覚め、布団を被り朝を待つ間に眠っていた。

そして入院五日目の消灯後、突然両足を誰かに掴まれた。

（誰かが私の足を持っている……）

そっと足元に視線を向けるが、布団の上には誰の姿もない。気のせいかと思ったが、足を掴まれている感覚はそのまま残っている。

（いやだ、怖い）

目を閉じ恐怖に怯えていると、その手が徐々に上に這い上がってくる。そしてお腹のところでピタっと止まり動かなくなった。勇気を出して薄目を開け、お腹を見てみると布団がモコっと膨らんでいる。恐怖と興味が入り混じり、怖いが確認したいという思いが勝ち、布団を勢いよくめくった。

「……!」

しかし、そこには何もいなかった。布団を下ろすと膨らみはなくなった。そのままいったんトイレに行きベッドにもぐりこむとまたいつの間にか眠りについていた。

翌朝、こんなことが続き変な汗をかいていたこともあり、

「看護師さん、私シャワーを浴びたいです」

「あ、入ってなかったよね。そうだね、今日は入ろう!」

看護師は快く快諾してくれた。

頭に包帯を巻いていたこともあり、看護師と一緒に入ることになった。

洋服を脱がしてもらっていると、

「え……この痕どうしたん⁉」

「なんですか?」

「背中にたくさんの手形があるわよ」

鏡で確認すると、確かに大小さまざまな大きさの手形が背中に張りついている。

「なんだろうこれ」

まったく身に覚えがない。

「何か看護師さんに伝えたいことあるかな?」

親の虐待も疑われたが、赤ん坊のような手形もあったため虐待ではないとの結論に至った。

それから数日後退院になり、荷物をまとめお世話になった看護師にお礼を言い、病院をあとにした。車に乗る前に自分が入院していた部屋を振り返ると、窓に見たこともない髪の長い女性と、高校生ぐらいの男の子が立っていて、目が合うとニコっと笑った。

その帰り道、
キィーーーーー、ドン！

「大丈夫ッ⁉」

運悪く事故に巻き込まれてしまった。身体は無事だったが、車体を見ると運転席側のドアには自分の背中にあったものと同じ形をした無数の手形がついていた。

そんなこともあり家族も心配したのか、神社にお祓いへ行くことになった。神社では、「そもそもは家に憑いていた霊が原因だが、その霊が病院までついてきてしまったことが要因となり、難病に指定されて自殺した男の子の霊が引き寄せられてしまったのではないか」と言われた。

そして小学校六年生の卒業式、母親と撮った記念写真の自分の後ろには、まるで家族のように髪の長い女性と高校生の男の子がはっきりと映っていた。

声にならない叫び

大学病院に勤めていた看護師の川奈さんは説明がつかない不思議なことを多々経験してきた。そのなかでも忘れられない出来事があるという。

病院に勤めはじめて五年目の夏のことだった。当時言葉を発することのない、寝たきりの患者さん（カヨさん）を受け持っていた。その日の夜勤は緊急入院がバタバタと続き、気がつくと夜中零時を回っていた。ようやく病棟も落ち着きを取り戻し、そろそろ休憩を回そうかと話し合っていた。

「川奈さん、ちょっとこっち来てみて。何か聞こえない？」

先輩に言われ廊下に出ると、確かに声が微かに聞こえてくる。

「どこかの部屋で、テレビでもついているのですかね」

とりあえず見に行ってきますとその場を離れ、声のするほうへ向かっていった。どの部屋も消灯後は電気も消し、テレビやラジオなどもオフにしたはずだった。

声が聞こえていた場所はカヨさんの病室だった。

消し忘れかな。

扉のガラス部分から部屋のなかを覗くと、カーテンは閉まり電気も消えている。

「失礼します」

ガラガラとドアを開けた瞬間、声がしなくなった。ベージュ色のカーテンを開けて懐中電灯であたりを照らすも、面会者の姿はおろか音の出るような電子機器もない。カヨさんはいつものように天井を見つめている。

「誰もいませんよね。カヨさん、お邪魔しました」

カーテンを閉めようと手をかけた、そのときだった。

「故知般若波羅蜜多。是大神呪。是大明呪」

カヨさんが突然しゃべりはじめた。

お経?

聞こえた瞬間、何をしゃべっているのか理解した。

いままでまったくしゃべれなかったのに、いったいなぜ……。

カヨさんは天井を睨みつけるようにお経を唱えている。

「あの、カヨさん!　大丈夫ですか?」

身体を揺さぶりながら声をかけるも、こちらには見向きもしない。

ズル……。

何かが擦《こす》れるような音が、天井から聞こえた。

「真実不虚。故説般若波羅蜜多呪。即説呪曰」

カヨさんの声がさらに大きくなる。

「カヨさん！　どうしたんですか？　カヨさん！」

ズル……。

カヨさんは目を見開き、突然お経を唱えなくなった。同時にいままで外の光で照らされていた病室が急に暗くなった。そこからどうやってナースステーションまで戻ったのかは覚えていない。

カヨさんはその後、一度もしゃべることなく数日後に息を引き取った。

部屋が暗くなったあのとき、頭上から弱弱しい息使いが確かに聞こえていたという。

誰も乗っていない車椅子

夏も終わりを迎えたころ、松尾さんは入院することになった。彼が患ってしまった病気は気胸《ききょう》。簡単にいうと肺の一部が破れ、陽圧状態になり肺が風船のようにしぼんでしまうことで、呼吸が難しい状態になる。胸が押さえつけられるように苦しく、早く解放されたかった。

「入院して治しましょうね」

優しそうな医者の声に安心したが、医療用のチューブを肺まで挿す違和感は、いままで体験したどれにも当てはまらないほどきついものだった。肺に穴をあけることでなかを陰圧にし、溜まってしまった空気を外に吸い出す。その機械をベッドの横においておくため、数日間はベッド上から動くことができず、肺に異物が入っている強い違和感と痛みから起き上がることも困難だった。

個室に入院したかったが、満室のため仕方なく大部屋に入ることになった。幸いその部屋には、ほかに患者さんがおらず貸し切り状態。日中は慌ただしい病棟も、夜になると遠くで水滴が垂れる音が聞こえてくるほど静まりかえる。

入院して二日目の夜、痛みでふと目が覚めた。肺に刺さっているチューブの違和感が強く息苦しい。吸い飲みに入っている水を飲もうと身体を起こした。

キィキィキィ。

廊下の奥から金属を擦り合わせたような音が聞こえる。

キィキィキィ。

ゆっくり、ゆっくりとこちらに向かってきている。

キュ。

隣の病室の前で音が止まった。遠くで鳴るナースコールの音が微かに聞こえてくる。

(この金属音は車椅子の音かな)

水を一口飲み、また横になる。

キィキィキィ……。

車椅子は隣の病室に入っていった。

(油でも挿せばいいのに)

天井を眺めながらいつの間にか眠りについていた。翌朝、看護師が検温にやってきた。

「松尾さん、昨日は眠れましたか」

「いやそれが、車椅子の音で目が覚めました」

看護師は首を傾げると、

「そうですか、でもおかしいな。車椅子に乗っている患者さんなんていたかな……」

「でも、隣の部屋に入っていきましたよ」

「それはありえませんよ」

「なぜですか？」

「隣の部屋は空き部屋ですよ。鍵を閉めていますからね。入れる人もいませんよ」

そんなはずはない。でも自分はベッドから動くことができないから、確かめようがない。

悶々としながら迎えた深夜、痛みでまた目が覚めた。相変わらず耳が痛くなるほど静かな病室。廊下から看護師の話し声が聞こえてくる。床頭台に手を伸ばし、吸い飲みに入れた水を口に含んだ。

キィキィキィ。

静かな廊下、奥のほうからこちらに向かって近づいてくるのがわかる。

キュ。

隣の病室の前で止まった。

(隣の病室は誰もいないんだよな)

キィキィキィ。

隣の部屋には入らず、さらに廊下を進んでいる。

キュ。

カーテンの向こう、部屋の入り口で車椅子が止まった。ここに入ってくるのではないだろうか。

(誰も使ってないはずの車椅子に、誰が乗っているんだろう)

そんなことを考えていると途端に怖くなり、堪《たま》らずナースコールを押した。チューブが肺につながっていて動けない以上、逃げ場はない。

スタスタスタスタ、と遠くから看護師の足音が聞こえてくる。

「松尾さん、どうかされました」

なんて伝えればいいのだろうか。

「いや、あの……そこの入り口に誰かいませんか」

「え、入り口? 誰もいませんよ、それだけですか? 何かあったら呼んでくださいね」

そそくさと部屋を出ていってしまった。足音がどんどん遠くなっていく。でも、誰も居ないことがわかっただけ良かった。

キィキィキィ。

「……え」

心臓の鼓動が速くなるのがわかった。

カーテンの向こう側。車椅子はこちらに向かって進んでくる。口のなかが乾き、うまく息ができない。

キュ。

目の前で止まり、月明りに照らされた影がカーテンに映し出されている。誰かが車椅子に乗っている。ゆっくりと横になり布団をかぶった。

(早くどこかへ行ってくれ!)

キィキィキィ、ガン!

鈍い音を立て車椅子がベッドにぶつかり視界が揺れる。人の息づかいや声は聞こえない。ナースコールを手探りで探すが見当たらない。布団をかぶり、時間が過ぎるのを待った。もう少しで看護師が夜の巡回に来るはず……。

ぺりぺり、ぺりぺり。

何かが剥がれていくような音。布団を少し避けて、天井を見上げる。

閉めていたはずのカーテンが、少し開いている。

少しずつ天井から下に視界をずらしていくと、開いたカーテンの隙間、そこには全身を包帯でぐるぐると巻かれた人のような何かが、めくれた包帯の隙間からこちらを覗いていた。

気がつくと朝になっており、カーテンは開いたままだった。

逆さま

小野さんが働く病院は地域で長年親しまれる古い病院だ。住宅街にあり、駅からも近い。先生の評判も良く、いまもたくさんの患者さんが通院している。

しかし、長く運営しているぶん、妙な噂も絶えない。そのなかでも「逆立ちした女」の話は職員の間で有名で、多くの人が目撃している。小野さんも最初はただの噂話として流していた。実際スタッフが目撃したというリアルな情報はなく、学校によくある七不思議程度に感じていた。しかし、ある出来事をきっかけに、その噂がただの作り話ではないと知ることになる。

その夜、同僚であるAさんが、夜勤中に突然青ざめた顔でナースステーションに戻ってきた。

「私、見ちゃったかも……」

「何を見たの?」

「噂の人」

信じられないというこちらの表情を悟ったのか、AさんはPCの前に座ると俯いてしまった。聞けば、巡回中に薄暗い廊下の突き当たりで、逆立ちした女性がじっとこちらを見ていたという。逆立ちの姿勢なのに頭は床についており、髪は垂れ下がり、両の腕は前方にだらんと垂れている。女性は動かず、ただその場所にいた。恐怖でその場を立ち去りナースステーションに戻ってきたのだそうだ。

Aさんは暗い表情のまま数日が過ぎ、原因不明の高熱のため入院することになった。

この出来事をきっかけに、病院内では「逆立ちした女」を見たら、不幸に見舞われるという噂が流れた。あまりにも噂が広がりすぎ、院内で「逆立ちした女」の話は禁止となるほどだった。

それから間もなく、Bさんという別の看護師が夜勤中に逆立ちした女を目撃した。廊下の監視モニターを確認していたとき、モニターの端に逆立ちしたような影が映り込んでいることに気がついた。

確認のため現場に駆けつけると誰もおらず、怖くなってその場を離れた。

翌日、Bさんもまた体調を崩し、長期の休養を余儀なくされた。

さらにCさんという看護師は、病室の窓越しに廊下を見た際、逆立ちした女がガラス越しにこちらを見ていた。その女は逆さまの顔をゆっくりと動かし、窓を覗き込むように近づいてきた。

「きゃー！」

病院には似つかわしくない声をあげ、逃げ出した。しかしその日以降、廊下で誰かに耳元で囁かれるような感覚に悩まされ、精神的に耐えられなくなり退職した。

そしてついに、小野さんも「逆立ちした女」を目撃してしまった。深夜二時ごろ、病室を巡回していると、廊下の突き当たりにある窓に奇妙な影が映っていることに気がついた。その影は黒くぼやけ逆立ちをした人間のように見える。長い髪が床に垂れ、逆さまの姿勢でじっとしている。

目の錯覚だと思い再度確認するも、影は消えるどころか徐々にこちらに近づいてくる。そして逆さまの顔がゆっくりとこちらを向き、目と目が合った。その瞬間、身体が凍りついてしまった。

「助けて……」

ふり絞った声は誰にも届かず、恐怖のあまり目をつむる。ナースコールの音で我に返ると、逆立ちした女性は消えていたが、あの異様な目の感覚が忘れられなかった。

その出来事を機に、小野さんはその女性に関することを調べはじめた。看護部、図書室、守衛室、調べられる伝手はすべて使い、とうとう病院の古い記録までたどり着いた。その記録によると十年以上前、重度の精神疾患を抱えていた女性患者さんが、逆立ちした姿勢のまま原因不明の死を遂げていた。その患者さんにはどんな治療を試しても効果がなく、攻撃性が高く入退院を繰り返していた。そして生前に何度も、

「覚えておきなさい、逆さの私を見たら呪ってやる！」

周囲にそう言い続け、亡くなってしまった。

「間違いなくこれだ」

逆立ちした女はその女性患者さんの怨念ではないか。小野さんはその後、不幸に見舞われることなく、タイミングよく別の病院に配属されることになった。しかし、当時のことを振り返ると友人からはどう見ても顔色が悪く、いつ倒れるのか心配だったという。

コラム　病室

病室というのは個室、二人部屋、四人部屋、六人部屋が基本ベースとなっています。病室の窓が大きいのは、国が定める病室の基準に窓の大きさが含まれているのです。さらには換気や空間についても同様の決まりがあります。これらの基準をクリアした部屋でなければ、病室としての使用許可が下りない仕組みになっています。では、医療従事者から見て病室とはどんなものなのでしょうか。私なりに考えてみました。

小学生のころ、友人の家に遊びに行った時のことを思い出してください。玄関を上がった瞬間、もしくは玄関のドアを開けた瞬間に鼻をつく独特な香り。

――ああ、友人の家にきたんだな。

こんな経験が皆さんにもあるのではないでしょうか。

これが病室でも同じようなことが起きます。看護師が病室のカーテンを開けた瞬間、柔軟剤や香水、シャンプーやリンスの香りが鼻をつく。我々にとって病院内はアルコールや排泄物の臭いが印象的ですが、それ以外の香りを嗅ぐことはほとんどありません。ある意味無臭に近いかもしれません。

患者さんが入院したその日から、ベッドの上に身の回りで使うものを置き、床頭台に生活用品をところせましと並べ、置ききれない荷物が床にまで広がっています。

自分の生活スペースに愛着を持ち、検査やリハビリからベッドに帰ってくると、まるで家に帰ったような安心感に包まれる。ベッド一つ一つに、患者さんの色々な想いが詰まっていると言っても過言ではないかもしれません。だからこそ、怪異が起こりやすいのではないでしょうか。なぜなら病室とは、患者さんにとって小さな家として、入院患者さんの心の拠り所になっていると思うからです。

第四章　院内

深夜のロビー

病棟の構造を聞かれて、皆さんはどんな想像をするだろうか。面会に来た人は受付を済ませ、エレベーターを上がると、廊下の先に病棟が見える。診察に来た人は各診療室へ向かい、診察を済ますと支払いのためにロビーへ向かう。

昼間は人で賑わっているロビーも、夜になると一変する。

看護師の内藤さんは夜勤の休憩時間、夜食を買うためコンビニへ向かった。もう夜中の二時を過ぎたあたり。夜遅くの食べすぎは健康に良くないと思いつつ、身体は甘いものを欲していた。

院内は消灯時間をとうに過ぎているため、常夜灯の明かりや窓から差し込む光が床や壁を照らしている。コンビニから病棟まではロビーを通ったほうが近道になるため、いつもそこを抜けている。ロビーは呼び出し待ちの椅子が並んだ広いフロアと高い天井が解放感あふれる空間を演出しているが、深夜になると壁に装飾されたステンドグラスと真っ暗なフロアが不気味に感じる。毎回遠回りする手間を考え、気持ち悪さも我慢していた。

その日はいつもより空気が張り詰めているような、肌がピリピリと何かを感じるような、なんとも言えない雰囲気だった。暗いロビーを避けるように隅を歩いていると、人の気配を感じた。

ロビーに目をやると、椅子に誰かが座っている。

しかも、一人ではない。四人並んで座っている。背丈の感じから、家族のように感じた。

こんな時間まで付き添いだろうか。真っ暗なロビーにいることも不自然だが、何より全員微動だにしない。

家族なら会話があっていいはずだ。呼吸をしていれば身体も動くはず。

しかし、その四人は前を向いたまま、時が止まっているかのように背筋をピンと伸ばし動かない。

言いようのない不気味さを感じ、そのまま見ないようにして通り過ぎた。

ロビーを出る間際そっと振り返ると、一番手前に座っていた女の子がこっちを見ていた。

「あ…」

内藤さんの声に反応するかのように全員がこっちを見た。

と同時に、こちらへ向かって動きだした。

予想していなかった出来事に驚き、速足でエレベーターへ向かう。

エレベーターに乗ると四階のボタンを押した。その扉が閉まる瞬間、目の前の廊下を四人が通り過ぎていくのが見えた。家族全員、寂しそうな表情をしていた。

病棟に戻り先輩に話すと、うちの病院では有名な話らしく、受付だけでなくいろいろな場所に現れるという。

地下に住むモノ

人形にまつわる怪異は数多く報告されている。髪が伸びる、夜中動く、声が聞こえるなど噂は絶たない。

じつは病院でも人形にまつわる話がある。

医療従事者というのは、二言目にはエビデンスについて語りだす。おかしなことを見たり聞いたりしても、仮説、検証および実証されていないという事実に、見間違い、聞き間違いと判断する人が多いように感じる。だからこれはもしかしたら、埋もれてしまった霊に関してのエビデンス、氷山の一角なのではないかと考える。

県内にある病院で働いている看護師の津守さん。繁華街に建てられていることもあり、その病院は上に長く作られている。

普段は職員や患者さんで賑わっている病院も、休日には嘘のように静かになる。そんな休日の勤務が津守さんは好きだった。ただそのぶん、やらなければいけないことも多い。そのうちの一つ、点滴や採血など医療行為で使う物品が足りなければ、直接資材置き場に取りにいかなくてはいけない。

ある日曜日のこと、連日続いた緊急入院のため、採血用の針が残り少なっていることに気がついた。このままでは夜間中に無くなってしまう。病棟での仕事がひと段落ついたところで、資材置き場に入るため鍵を借りに一階の守衛室へ向かった。

「いま、ちょうど別の看護師さんが行っていますよ」

エレベーターに乗り地下二階へ。霊安室を横目にうす暗い廊下を歩いていくと、一番奥にある扉を開けてなかに入る。

(あれ、電気ついてないな)

あたりは静まり返っている。壁に手を伸ばして電気をパチンとつけると、広い資材置き場が目の前に広がっていく。見ると机の上に鍵が置いてある。

「すいません」

返事はない。

「どなたかいらっしゃいますか?」

トイレにでも行っているのか。時間もないので目的のものを探すことにした。

資材室はとても広く、どこに何が置いてあるか書いてはあるものの、種類が多いため探すのに骨が折れる。ガラガラと銀色の台車を押しながら、ふと奥に目をやると資材が崩れているのに気がついた。誰かが抱えていた資材をそのまま床に落としたようにも見える。

ガサガサと動く物音に足が止まった。自分が立っている場所からさらに二列奥の棚、その中段くらいから聞こえてくる。

棚の隙間からそっと覗いてみると、大きな淡いオレンジ色のビニール袋に入った何かが動いているのが見えた。そこは研修用の資材や道具が置いてあるエリア。オレンジ色の袋に入っているのは、頭と上半身だけの両腕のない蘇生訓練用のゴム人形だった。

電源はないため勝手に動くはずはない。

でも動いている。

前に来た看護師はこれを見て驚き、資材を落としていなくなったのだろうか。

ジーーー……。

袋のジッパーが音を立てて開きはじめた。

「ぷはぁ」

呼吸をするかのように男の顔がなかから起き上がる。

人形までは十メートルくらい離れているが、それが人形の顔ではなく明らかに男性の顔をしているのがわかる。

五十代前後のくたびれた顔。

それは棚から転がり地面にドスンと落ちる。

「いてぇなぁ」

くぐもった男性の声。

帰ろうと振り返った際、持ってきた銀色の台車にガンっとぶつかってしまった。その得体の知れない何かはこちらをジロっと見ると、這いずりながら津守さんに向かって動きだした。

きゅ、きゅ、きゅ。

ゴムが地面に引きずられる音が聞こえてくる。わけがわからない状況に逃げたいと頭では思っていても、腰が引けてしまい、後ろに下がるのが精一杯だった。

次の瞬間、部屋全体の電気が「パチン」と消えた。

地下二階の部屋に窓などあるはずがない。真っ暗な部屋のなかで「きゅ、きゅ、きゅ」と、ゴムの音が響いている。

この状況でどう逃げればいいのか考える余裕もない、手足の力も入らず、怖いを通り越して逆に心地よくなってきた。

（もう、どうにでもなれ！）

——ピピピピピピ。

仕事用のPHSがけたたましく鳴った。

ポケットから取り出すと、画面が光りあたりを照らす。その光の奥に、苦しそうな男の顔が浮かび上がった。

PHSの光を頼りに、力を振り絞って出口を目指した。

入り口のドア、その下の隙間から微かに光が漏れている。

ドアノブに手をかけたとき、

「助けて」

部屋の奥から男性のくぐもった声が確かに聞こえた。

病棟に戻ると、先輩に起きたことすべてを伝えた。信じてもらえなくてもいい、ただこの話を誰かに聞いてもらわないと気が済まなかった。

先輩は話を聞き終わると、じゃあ一緒に行こうということになった。何かがあったとしても、物品は取りに行かなくてはならないからだ。

資材置き場に戻ると、おそらく先に入った看護師だろうと思われる人が、誰かを連れて部屋の前まで来ていた。お互い何も言わず、四人で部屋に入り電気をつけた。

その光景にしばらく誰も言葉が出なかった。すぐ目の前にはあの蘇生訓練用の人形がうつ伏せになって倒れている。

先輩が慣れた手つきで人形を片づけながらこう言った。

「いまのうちに資材を取ってきてね。それとこの話は誰にもしゃべっちゃダメよ。この部屋はいろいろなことが起きているの。だから、火に油を注がないでね」

もしかしたらここの倉庫で、何かしらの「エビデンス」がとれる気がする。

待っていてね

病棟には、談話室という部屋がある。患者さんや家族が食事を取ったり、面会者と談話したり、医療者がカンファレンスを行ったりと、多種多様に活用されている。

宮本さんは勤続二十年のベテラン看護師だ。

ある夜勤でのこと。照明の落ちた暗い談話室にお婆さんが一人、ポツンと座っているのが見えた。

(患者さんかな、ご家族かな)

声をかけようとなかに入った。部屋は横に長く作られており、廊下側は全面ガラス張りになっている。

見ると、お婆さんの座っている位置とは反対側に、ナースキャップを被った看護師が立っている。自分は不要と判断し、踵を返して病棟に戻ることにした。

翌週の夜勤、休憩中に談話室の前を通ると、先週見たお婆さんが同じ場所に座っている。もちろん電気もついていない。

（認知症の方なのか、病棟の看護師は大変だな）

なかを見渡すと、ナースキャップを被った看護師が、お婆さんのほうにゆっくり歩いていくのが見えた。

お婆さんは近づいてくる看護師に気づくと、突然奇声を発し部屋の奥に逃げ、頭を抱えるようにして座りこんだ。

看護師は構わず近づいていき、お婆さんの腕を掴み、引きずるように連れて帰ろうとしている。

お婆さんはなんとか腕を振り払い、逃げ去っていった。

その場に居合わせていたこともあり見て見ぬ振りはできない。その看護師に声をかけた。

「お手伝いしましょうか」

「結構です」

強い言動ではっきりと断られた。

それから三日後の夜、談話室を通ると真っ暗な部屋の奥に、お婆さんがしゃがみこんでいる。これで三回目だ。

「大丈夫ですか、部屋に戻りましょう」

しかし、首を横に振るだけで動こうとしない。身体は微かに震えている。

同時に先週談話室にいた看護師のことを思い出し、少しおかしいことに気がついた。

顔に見覚えはなく、いまは誰も使用していないナースキャップを被っていた。

それはここの病院に勤める看護師ではないことを物語っている。

「看護師さんが毎晩私のベッドに来るの。見たこともない人。怖い、怖いわ、だって、だって、幽霊だから！」

「どういうことですか」

話を否定せず、詳しく聞いてみる。

「ベッドに来て、口を開けて笑うの。口のなかが真っ赤なの」

お婆さんは怯えた目で部屋の奥を見つめている。

談話室の奥に赤く光るものが見えた。

暗闇に立つナースキャップをかぶった看護師が、口のなかを真っ赤に染めて笑っている。

看護師は椅子やテーブルを通り抜け、どんどんこちらに近づいてくる。

「待っててね」

その看護師は目の前まで来ると声と一緒に消えていった。

地下の調理場

食事に力を入れている病院は信頼できるといわれているほど、入院中の食事は大切だ。病院の厨房で働いている山脇さんの朝は早く、三時には仕事がはじまる。毎日のように三百人分に近い食事を手分けして作ってきた。柔らかく煮たものやゼリー状にしたもの、細かく刻んだものなど、患者さんによって食事の形態は千差万別だ。さらにそこからアレルギーや禁忌の食材など細かく調整していく。早朝から厨房内は烈火のごとく忙しく、時間との戦いで、息つく暇もないぐらいだ。

ある朝のこと。慌ただしく調理をしていると、まるで下水道のような異臭がした。食事のいい香りがするならまだしも、異臭がするなんてあってはいけない。排水溝に流れた油や汚れを、下水に流す前にキャッチする〈グリストラップ〉の匂いにも似ている。

いったいこの異臭がどこから匂ってくるのか見当もつかなかった。あたりを見渡すと、みな朝食に向け忙しく働き気がついていないようだった。

いつも見ている光景だが、いつもの光景ではない妙な違和感がある。

人が入れそうなくらい大きな鍋をゆっくりとかきまぜながら周りを見渡していた。

(——あ)

見たことのない人が、厨房に紛れている。

厨房のスタッフは髪の毛が落ちないようにビニールの帽子を深くかぶっていて、割烹着のようなエプロンをつけている。

そのなかに一人だけ、看護師の恰好をしている人が横を向いて立っている。

さらにこの異臭は看護師の方向から匂っている。

視線を鍋に戻し、もう一度確認すると匂いとともに看護師の姿も消えていた。


一か月後。何事もなく時間が過ぎ、そんな出来事も忘れていた。

休憩時間に異臭は突然やってきた。トイレの個室。電気をつけてから入ったので、自分以外誰もいないことは確かだ。強烈な腐敗臭に鼻がおかしくなる。あのときと同じ匂い。嫌でもあの看護師を思い出す。

用を足し、そっと扉を開けて周りを見渡すが誰もいない。

壁の上部、ガラス窓部分に反射するようにトイレが映っている。隣の個室、上の隙間から身を乗り出し、こちらをジーと覗きこんでいる看護師がいた。

トイレを飛び出し、休憩室へ戻ると布団にもぐりこむ。

しばらくすると「ギィ」というドアが開く音が聞こえた。

鍵は閉めたはず……。

同時にものすごい異臭が鼻の粘膜を覆った。あまりの臭いに気を失いそうになる。

ヒタ…ヒタ…ヒタ…。

裸足で部屋のなかを歩く音が聞こえる。この匂いは「あの」看護師だろう。

ヒタ…ヒタ…ヒタ…。

目の前で足音が止まった。被っている布団に囁くように、

「熱い……」

そう聞こえたと同時に意識を失った。

ほかのスタッフには話すことはできなかった。どこかであの看護師に聞かれているんじゃないか、そんな不安に駆られた。

仲の良いベテラン清掃員に聞いたところ、その昔、厨房で看護師が自殺をしたことがあった。

医者との不倫が相手の奥さんにばれ、看護師は病院を解雇されたが、医者のほうはお咎めなくいまも働いている。その看護師は出勤最終日に調理場にやってきたと思いきや、首

に包丁を突き刺しぐつぐつと煮えたぎっている大きな鍋へ身を投げた。

いまでも時折、皮膚のただれたような、腐ったような匂いが厨房に漂うことがあるという。

地域連携室を見上げる男

病院内に地域連携室という部署がある。ここは病棟、外部のサービスと家族をつなぎ、家での生活や退院先の選定など退院に向けて動いていく役割を担っているところだ。患者さんが入院したその日から連携がはじまる。これは地域連携室で働いている山田さんから聞かせていただいた話だ。

ある日「脳出血を起こした高齢の女性患者さん（田中さん）が入院した」と病棟から連絡があった。

翌日、さっそく田中さんの夫が相談に来られた。

「まだ治療方針も決まってないので、できることはありません」

こちらの回答を聞いていないのか、一方的に夫の要望を伝えてくる。

夫の希望は自宅へ退院したいとのこと。だが、病棟からはまだ情報が来ていないため、身動きがとれない。話は終始平行線上で一向に進まず、話し合いを終えた。

その日の夕方、病棟の看護師から連絡が入った。

「田中さんの身体にケガとは思えないアザがありました。家族がＤＶをしていた可能性があります。今回の脳出血も、もしかしたらそれが原因かもしれないです」

病院ではDVだと判断された場合、すぐに役所へ連絡がいき該当者は面会禁止令が下る。

翌日田中さんの夫が再度連携室に来られた。真剣な表情で昨日と同じ話を繰り返し、退院先は自宅でお願いしたいというものだった。

その翌日も、そのまた翌日も、夫はやって来た。疑惑がだんだんと確信に変わっていく。

DVというのは本人の自覚がないことが多く、一度手を上げてしまうとイライラしたときにまた手を出してしまう。おそらくこの夫は、発散の場がなくなったことにイライラしており、早く自宅へ帰ってきて欲しいのではないかと長年の直感でそう思った。夫の表情からも、日に日にイライラが強くなっていくのがわかった。

しかしある日を境に、夫がピタリと来なくなった。ほっとしたのと同時に、逆に何かあったのではと少し心配になった。

翌日も、翌々日も来院せず、それから一週間が経過し、今度は田中さんの息子がやって来た。

「お父さんは、どうされましたか?」

「父はいま、入院しています」

息子の言いぐさはまるで他人事のように目も合わせず言い放った。そして今度は息子が毎日やって来るようになった。息子の希望は父親と同じように、田中さんを自宅へ連れて帰りたいの一点張り。さらには退院に向けて話し合うなかで、母親に手を上げてしまうことがあると自慢げに話している。

親子で母親にＤＶをしていたことが本当に許せなかった。しかし本人にはそれがＤＶである自覚はない。

息子が帰るとすぐに役所へ報告し、家族と引き離すよう手配した。その日以降、息子と父親は面会禁止となった。退院先を家族に知られないよう配慮し、転院へ向けて手続きを開始した。息子は面会禁止に納得できず、何度も病院にきては追い返されていた。しかし、息子もある日を境にピタリと姿を見せなくなった。

ほっとしたのもつかぬ間。同僚がこんなことを言ってきた。

「田中さんの息子、そこの道路からずっと病院を見ているらしいのよ。あなたも顔を覚えられているかもしれないから気をつけてね」

きっと役所に通報し、面会禁止にした自分のことを恨んでいるに違いない。

仕事が終わり、自転車に乗って病院を出ると、道路脇に息子がいた。

何をするわけでもなく、恨めしそうな顔で病院を見上げている。

翌日も同じ場所に立ち、病院をじっと見つめている。それからは息子に見つからないよう通勤するはめになってしまった。

一週間後、ようやく田中さんの転院先が決まった。

その日を境に、息子の姿を見なくなった。田中さんが転院されたことは知らないはずだ。理由はわからないが、居なくなってよかったと胸を撫でおろした。

しかし翌日、同僚からこんな話を聞いた。

田中さんの夫は現在、脳出血で倒れ別の病院に入院している。そしてあとを追うように、息子も脳出血で倒れ入院している。夫の出血原因は外傷性で、息子のＤＶではないかといわれている。

しかし、息子も持病の高血圧を放っておいたことが仇となり、脳出血を起こしたらしい。

――因果応報。そんな言葉が頭をよぎり、少し気持ちがすっきりした。

息子が入院したのは、二週間前だという。

では、病院の外で見ていたのは、いったい誰だったのか。

黄色いミサンガ

医療器具を取り扱う会社に勤める、よう子さんから聞いた話である。

よう子さんの父親が長引く頭痛に悩み病院に行くと、脳に腫瘍が見つかってしまった。そこまで大きなものではないけれど、取り除ける場所にあるので手術をすることになった。

腫瘍を摘出するとなると、数時間はかかる大きな手術になる。手術による危険性、後遺症が残るパーセンテージなど詳しく説明され、リスクが高いことがよくわかった。

翌日すぐに入院となり、数日間検査を行う。そして迎えた手術当日。手術室に父親を送りだすと、向かいにある待合室に入り、手術が終わるのを待つことにした。

しばらく携帯などをいじっていた記憶はあったが、いつの間にか寝てしまった。

目が醒めると、隣に手術を終えた父親がニコニコしながら座っている。

「ちゃんと見ているからね。終わったら迎えにいくよ」

「ちゃんと見ているからね、終わったら迎えにいくよ」

「ちゃんと見ているからね、終わったら迎えにいくよ」

同じ言葉をずっと繰り返している。よう子さんは涙をぼろぼろ流している。

次の瞬間、泣きながら目が覚めた。

よかった、夢だった。でも、もしかしたら手術はダメだったのかもしれない。

しばらくすると手術室のドアが開き、カラカラと患者を乗せたストレッチャーが出てきた。慌てて駆け寄ると、何かおかしい。

手術後のはずが、点滴はつながっておらず、酸素マスクもついていない。嫌な予感が的中した、さっきの夢は間違いじゃなかった。ストレッチャーの手すりを掴みながら泣き崩れた。

「あの、すいません。こちらの方とお知り合いですか？」

傍にいた看護師に声をかけられ、顔を確認すると父親ではなかった。

「あ、すみません」

恥ずかしくなり慌てて待合室に戻る。寝起きで頭がボヤっとしていたが、いまはすっきりと冴えている。

そういえば、夢のなかで自分に話しかけてきたのは、父親なんかじゃない。夢のなかで話かけてきていたのは手術室から出てきた、あの亡くなっていた男性だ。その男性には見覚えがある。父親の向かいに入院されていた見ず知らずの患者さん。いつの間にかベッドからいなくなっており、父親に尋ねると入院中に様態が悪くなったと聞かされていた。

ではあのとき、男性が自分に言っていた言葉は、いったいどういう意味なのだろうか。

それからしばらくして、父親の手術は無事に終わり、集中治療室へ移送された。

病院に泊まるわけにもいかず自宅に戻ると、疲れていたのかすぐに眠りについた。

カチン……カチン……。

カチン……カチン……。

聞きなれない物音で目が覚めた。

音は玄関のほうから聞こえてくる。

身体を起こし玄関に向かうと、「カチン、カチン」とドアノブが回っている。

まるでドアの向こう側から誰かがノブを回し、家に入ろうとしているように思えた。

泥棒か、不審者か!?

鍵は閉まっている。しかし、オートロックのアパートにもかかわらず、どうやって入ってきたかもわからない人がノブを回している事実に恐ろしくなり、友人へ連絡をいれた。

数十分後、友人が訪ねてきてくれたあとは、何事もなく朝を迎えた。もちろん不審者の姿など、どこにも見当たらなかった。翌日家族にその話をすると、心配だからと様子を見に来てくれることになった。

当日、ピンポーンとインターホンが鳴る。

「きたよ～」

父親の声に「はーい」とノブに手をかけ、違和感を覚え手が止まった。重なるように再度ピンポーンとエントランスのインターホンが鳴った。小さな画面には母親が手を振りながら映っている。

なぜドアのインターホンが先に鳴ったのだろう。

父親はまだ入院中だ。さっき聞いた「きたよ～」という声はなんだったのだろうか。

それからも時折、「カチン、カチン」とドアノブを回す音が聞こえてくることがあった。

そのたびに布団をかぶり、耳を塞いでいた。

カチン……カチン……。

またドアノブが回っている。

(もう、いや。お父さん助けて……)

心のなかで叫んだ。そのとき、

「よう子」

父親の声がベランダから聞こえ、部屋のなかを足だけがバタバタと駆け抜けていき、玄関の前でスゥと消えていった。

と、同時にノブを回す音がやんだ。

この経験以降、ドアノブを回されることはなくなった。あのとき、目の前を駆け抜けていった足には、父親が身に着けている黄色いミサンガが確かに見えた。父親の思いが、よう子さんを救ったのだろうか。

父親はいまでも、黄色いミサンガを身に着けている。

エンスト婆

その病院はA棟、B棟と別れており、六階にはそれぞれをつなぐ長い渡り廊下がある。

日中は検査やリハビリのため、渡り廊下を通り移動する人は多い。しかし、夜勤帯は誰も通ることはない。医療者以外、通る必要がないからだ。

ある晩のこと、夜勤で働いていた看護師の八重さんが渡り廊下の前を通ると、B棟のほうからナースキャップを被った看護師が走ってくるのが見えた。

不思議なことに、その看護師の顔は真っ赤に光っている。まるでスポットライトに赤いセロハンを貼り、その光を当てたように赤い。

「キャー！」と叫び声をあげながら、こちらに向かってきている。

それは異様な光景だった。

まず、病院の看護師はナースキャップを被っていない。そして走っているはずなのに、まったく近づいてきていない。まるで同じ場所をずっと走っている。

ナースコールが鳴ったので一瞬目を逸らすと、いつの間にか看護師は消えていた。

渡り廊下に横道なんてものはなく、自分の横を通り過ぎるか、もしくは引き返さなければいけない。

疲れから来る幻覚かと思ったが、翌週の夜勤中にまたそれを目撃した。

病棟の窓から渡り廊下を見ると、赤い光に照らされた看護師がその場から動かず走っている。こういったものは見て見ぬ振りが一番いい。ただ、気になる。もしかしたらほかの看護師も見ているかもしれない。

「ターボ婆って知ってる？」

同僚は何か聞いたことがあるかもしれないと思い、思い切って別の角度から攻めてみた。

「どこかのトンネルで現れるお婆ちゃんだよね、車より速いらしいね」

「うん、同じような話を病院で聞いたことないよね？」

「ないよ。何かあったの？」

八重さんは最近見た看護師の話をした。

「それはターボ積んでないね。動いてないのか。じゃあエンスト婆だよ」

エンスト婆。あまりしっくりこなかった。でもうまいことを言うなとも思った。


一週間後。

「キャー！」

休憩室で休んでいると、どこからか女性の叫び声が聞こえてくる。

「キャー！」

少しずつ叫び声はこちらに近づいてくる。そして休憩室ドアの前まで来たとき、
コンコン。

「先生？」女性の声とともにノックをされた。

「部屋、間違えていますよ」

八重さんがドアを開けると誰の姿もなかった。

休憩後、ほかのスタッフに聞いても誰も叫び声を聞いていないし、誰も休憩室を訪ねていないという。

死亡時画像診断

放射線技師の夜勤は、日勤からそのまま次の日の朝まで働く。

その日の夜勤は日中からとても忙しく、放射線技師の神原さんは夜間帯に入るときにはクタクタになり、いつもより早い時間にソファで仮眠をとっていた。

当直では突然状態の悪い方が運ばれてくることもある。だから常に気を張ってしまい、どうしても浅い眠りになってしまう。

ただ、その日は疲れも重なり、仮眠のつもりが深い眠りに入っていった。

どれくらい眠りについていたのか、何か怖い夢を見て目を覚ました。

びっしょりと汗をかいている。仰向けに寝ている頭側から、見知らぬ男性に顔を覗きこまれており目が合う。そんな感じの夢だった。そのときに何か言われたような気がするが……まったく思い出せない。

目を覚まし三十秒くらい経ったころ、救急のＰＨＳが鳴り、ガリガリに痩せた七十代の女性が心肺停止状態で運ばれてきた。

蘇生をこころみたが、脈が戻らず亡くなってしまった。なぜ女性が亡くなってしまったのか原因を調べるため、医者の指示でCT画像を撮ることになった。原因がわからないまま亡くなってしまった方に対し、死亡時画像診断という、死因を究明するためにご遺体のCTを撮ることがある。

ご遺体を見ると、心臓マッサージの影響で異常にへこんだ胸と青白い顔が頭から離れなくなった。看護師や医者とは違い、そこまでご遺体に慣れているわけではない。神原さんは、なるべくご遺体を見ないよう仕事にとりかかった。

画像を撮り終わると、救急外来から矢継ぎ早に新たなCT画像撮影の依頼が入った。腹痛に対する原因精査という内容だった。その男性は自身で身動きがとれる方なのでそのままCT室に通し、台に仰向けに寝るよう説明した。

男性が仰向けになった瞬間、すぐに勢いよく上体を起こし、

「いやだ。絶対にいやだ。ここにいたくない…」

泣きそうな顔でつぶやいた。確かにそこはいましがた亡くなった方が寝ていた場所。

(この人、わかる人なんだ――)

そう思った。男性の拒否が強く画像が撮影できない。

この方の症状は急ぎではない、医者と相談し別の日に予約を取り帰宅してもらった。

ようやくひと段落し、仮眠を取ろうと横になったとき、先ほど見た怖い夢を思い出した。

『いやだ。絶対にいやだ。ここにいたくない』

さっきCTを取りにきた男性と、夢のなかの男性がまったく同じことを言っていた。

ただ、夢で見た男性の顔はまったくの別人で、夢のなかでは真っ黒なゆがんだ顔の男性が笑っていたような気がする。思い出すとなんともいえない気持ち悪さに鳥肌が立った。

結局、あの男性は病院に来てないけど、どうなったのだろう。

何日か経過してもこのことが忘れられず、男性の電子カルテを確認する。

その男性は翌日に違う病院で亡くなったと記載されていた。

死因は、溺死だった。

赤いエレベーター

病院を建て替える場合、同じくらいの土地が近くになければそう簡単にはいかない。さらに建物が出来上がったとしても、患者さんの移動は救急車を使い、一人ずつ移動するためとても時間がかかり骨が折れる。そんな背景もあり古い病院は未だ数多く点在している。

当時警備員の市谷さんが働いていた病院も増築に増築を重ね、一番新しい建物が約十年前に増築された病棟、古い建物だと昭和三十年代ごろまでさかのぼる歴史ある病院だった。壁や柱には頻繁にヒビが入り、毎日のようにメンテナンス業者が出入りしている。

その日、市谷さんが配属されたのは一番古い病棟。病院としての機能よりもスタッフの休憩室や研修室、更衣室、倉庫などとして使われている場所だった。

一階の入り口脇にある守衛室から一時間に一回、巡回に出る。

夜間はほとんど誰も来ないため、巡回から戻ると眠らないように本を読むようにしている。フロアに置いてある古い置時計の秒針の音が、建物の古さを物語っている。古いがゆえ、照明の配置も悪く、夜は常夜灯だけでは暗すぎて巡回できない。

フロアの裏側に設置されている赤いエレベーターも老朽化が進んだのか、いまは使用禁止となり、黄色いロープが常時張られている。何度直してもすぐに壊れてしまうため、病院側も直すことを諦めたそうだ。というより、建物自体が限界を迎えているのだと思う。

ある晩のこと、巡回を終えて警備室に戻り、一時間後の次の巡回まで窓口で静かに本を読んでいた。

じりりりりりり、じりりりりりりり。

聞きなれない音が後ろで鳴っている。目を向けると配電盤のランプが赤く光っている。その横にホコリを被った受話器がついている。受話器の上にはこう書いてあった。

エレベーター非常用受話器。

あの使用禁止になっている赤いエレベーターからかかってきている。

エレベーターはずっと使われていないはず。だが、誰かが間違えて閉じ込められてしまった可能性もある。渋々受話器を取る。

「こちら守衛室です。どうしました？」

サーーーーーーー。

砂嵐のような音だけが聞こえる。

「もしもし、どうしました?」

ボツ――。

通話が切れた。非常用のボタンさえも壊れてしまったのか。

やれやれと思いつつ、巡視の時間になり、重い腰を上げ一回りして戻ってきた。

ふと電話の件が頭をよぎる。

念のため見に行ってみるか。

懐中電灯で地面を照らしながら、赤いエレベーターへ向かう。ついてみると、確かにいまも使用禁止のロープが張られており、誰かが入った形跡もない。

動いてないよな。

近くまで身体を寄せてなかの音を確認する。

何も聞こえない。

翌朝、早番でやってきた同僚に報告すると、

「市谷は知らなかったのか。俺なんて何回も聞いているぞ。一回受話器の向こうから吐息が聞こえたこともあったし。こないだなんかさ、エレベーターの前を通ったとき、なかからノックされたよ。本当に誰かいるんじゃないか」

エレベーターのなかから低い笑い声を聞いたのは、その翌週のことだそうだ。

食堂のおじさん

看護師の夏目さんが働く病院の食堂に、仲の良い調理師のおじさんがいる。昼食はいつも食堂を利用していたこともあり、食事を受け取りながらのちょっとした会話が仕事の辛さを忘れさせてくれる。病棟の飲み会などにも声をかけるほどの仲だった。

あるとき、病棟スタッフの歓迎会にきたおじさんがこんな話を聞かせてくれた。

「夏目くんさ、見えないものが視えたことある？」

いつも笑っているおじさんが、妙に真剣な表情をしている。

「えっと、何か見えたのですか？」

ジョッキ半分ほどなくなったビールを口に含み、話してくれた。

「いやね、二十時に食堂が終わってから、明日の仕込みをするのよ。それが遅くなると二十二時ごろまでかかっちゃうんだけどさ。実際そんな時間までいるのは食堂を管理している私ぐらいだけどね。じつはね、こないだも残って仕事をしていたのだけど、気がつくと食堂の窓側の席にお婆さんが座っていたんだよ」

堰《せき》を切ったようにしゃべるおじさん。

「それって閉店後ですよね？」

「もちろんそうだよ。まだ患者さんが食べているのかと思ってね。でもさ、遠目から見たら目の前に何も置いてないんだよ。ただぼーっと座っているだけ」

「どこかの患者さんが迷い込んだんじゃないんですか」

　恐らくはそうだろう。そんな時間に患者さんが食堂にいるなんてあり得ない。おじさんは残りのビールを飲みほし続けた。

「そう思って声かけたのよ。〝もうお店閉まっているのですが、お席よろしいですか？〟ってね。するとそのおばあさんさ、私のほうなんて見向きもせずにずっと前を向いているのよ。私も仕事があるからいったん戻って、気がついたらもういなくなってたんだけど。でもよく考えたら、客席の電気消えていたのよね」

　おじさんはビールを追加注文し、キュウリに味噌をつけると口に放り込んだ。

「これが二週間前、月曜日の夜の出来事。でね、先週の月曜日。月曜日は忙しいのよ、土日を挟む分仕込みも多いからね。その日も二十二時ごろまで仕事していたわけ。するとさ、前回は窓側に座っていたあのお婆さんが、今度は一つ手前の席でこっちに背を向ける体勢で座っているのよ」

「入ってくるところは見てないのですか？　もともといたとか」

「見てないよ、客席の照明を落とすときに席は確認しているからね。店内真っ暗だよ、さすがにビクっとしちゃってね。いやだっておかしいじゃない、電気を消したときにはいなかったのが、いつの間にか座っているんだもの。こっちも忙しいからさ、厨房から声かけたのよ。〝もう終わっていますよ〟って。でもやっぱり反応もなしに座っているからもう無視して掃除をしていたらいつの間にか居なくなってた。で、今週の月曜日。また遅くまで仕事していたのよ。気がつくとさ、いるんだよ。今度は厨房に一番近い席に背を向けて座っててさ。客席は真っ暗、だーれも居ない。こんなことが続いていたから、誰も居ないことを確認してから、電気を消しているんだよ。なんだがイラっとしちゃってねぇ。お婆さんのとこへ近寄って〝すいません！　もう終わっていますよ！〟って強い口調で言ったんだよ。そしたらお婆さん、初めてこっちを見たかと思うと、スゥっと消えたんだよ」

「えええ！　本当ですか?!」

「本当だよ、幽霊なんて信じてなかったけど、流石《さすが》にあれは驚いたよ。もうあれから四日経つけど、未だに気持ち悪くてさ」

「じゃあ、来週も出てくるかもしれませんね」

夏目さんが冗談半分にその場を濁す。

「いやいや、もう勘弁してほしい」

週が明けて火曜日になり、お婆さんのことが気になり食堂に寄ってみた。おじさんは変わらず元気に働いている。

よかった、何事もなくて。

話の続きが聞きたかったが、忙しそうなのでまた今度聴かせてもらおうと思い病棟に戻った。その数日後、おじさんが入院したと食堂のスタッフから聞いた。入院したのはこの病院であることを知り、すぐにお見舞いに向かった。おじさんはベッドに横たわっており、よぉと手を挙げたあと、開口一番にこう言った。

「これを伝えにきてくれていたのかな、あのお婆さん」

話の続きはこうだった。今週の月曜日、残業をしているとあのお婆さんが厨房内に現れ、おじさんを見ながらお腹を押さえ、苦しそうな表情を浮かべ消えていった。

「翌日さ、おしっこしたときになんか違和感があったんだよ。お腹を押さえながら消えたお婆さんの姿が目に焼きついてたからさ、心配になって検査に行ったらこの有様だよ」

言葉が出なかった。おじさんに活気はなく、精神的にも辛いのがみてとれる。

「結局、誰だったんですかね、そのお婆さん」

おじさんは窓の外を見つめたまま、

「そのお婆さんさ、父方のお母さんだったよ」

「え！　最初にわからなかったんですか？」

「そうなんだよね、まさかこんなところにうちの婆ちゃんが出てくるとは、夢にも思わなかったからまったく気がつかなかったよ」

「そうですか」

「ばあちゃん、俺に危険を知らせに来てくれたんだよね。ありがたいね」

おじさんにいつもの元気はなかった。その後、その病棟に勤める看護師にお願いして、こっそり病名を聞いた。膀胱癌、ステージⅣだった。

元医院長の診察室

出産を機に働き方を変える看護師は多い。夜勤もある忙しい病棟から、日中勤務の外来に異動する看護師も少なくない。保育園のお迎えもあり夜勤はできないからだ。

外来は日勤のみで夜勤はなく残業もほぼない。さらに早退しても、さほど嫌がられない。外来というのは主に診察室で通院患者の診察介助をしたり、通院患者の採血などをしたりする部署のことで、皆さんも罹ったことはあると思う。

病院の診察室はどこも六帖ほどの部屋で、多いところだと十部屋ほど横並びになっている。患者さんが名前を呼ばれて入るドアはそれぞれ別々だが、裏側はつながっているため看護師はいくつかの診察室を兼務することも珍しくはない。

看護師の大黒さんも出産を機に外来へ移り、半年が経過した。給料が減ってしまうこと以外にとくに不満もなかった。

その日は欠勤した看護師がいたため、いくつかの診察室を兼務しながら裏側を走りまわっていた。診察室はいくつもあるが、外来日やそれぞれの科、医師ごとに部屋があるので、使っていない診察室もあったりする。

そんな診察室に、一つだけ誰も使わない部屋がある。その部屋は元医院長が長年愛用していた部屋で、使っていたペンやファイル、椅子なども当時のままにしてある。その元医院長の部屋を中心に右の部屋に行ったり左の部屋に行ったりと慌ただしく動き回っていてふと気がついた。

誰かいる。

電気の消えた元医院長の部屋に、誰かが座っている。最初は見間違いかと思ったが、そうではない。

「大黒さん、このカルテ整形に回してもらっていい？」

「先生、あの、隣の診察室にどなたか先生が座っていらっしゃるのですが……」

すると、先生の顔色がみるみる変わり、

「大黒さん、あなたすぐ帰りなさい！」

「え？　なぜですか？　今日欠員もあって帰るわけにはいかないです」

「なんとかするから、もう帰ろう！」

先生と押し問答していると、看護部長までやってきて早く帰るよう説得された。

「わかりました」

わけがわからないまま帰宅すると、病院から連絡を受けた旦那さんが家で待っていた。

しかし、そこからの記憶がなく、目を開けるといつの間にか病院のベッドにいた。旦那さんが家にいてくれたおかげで、すぐ病院へ搬送してもらうことができたそうだ。

後日、看護部長に聞かせてもらった話によると、「外来の勤務中に元医院長の姿を見た人はいいことが起きない、だから何かが起きる前にあなたを家に返した」という。

大黒さんは、いまでも外来で元気に働いている。

コラム

院内

院内には様々な部署があります。入院エリアは勿論のこと、受付、診察室、霊安室、調理室、検査室、薬剤室、放射線室、手術室、警備室など上げたらきりがありません。ただ皆さんが病院に罹ったとして、診察に必要な場所以外に行くことはほとんどないと思います。受付を済ませ、診察室へ行き、検査があれば検査室へ、その後再度診察室へ行き会計という流れが一般的だからです。

この章では皆さんにはあまり縁のない場所が多く登場したと思います。実際看護師でさえ、ほとんど足を踏み入れたことがない場所も多いです。今はセキュリティ強化を図っている病院が多く、該当部署の許可なく中に入ることさえままならなくなっています。

さらに近年、病院は空前の建て替え時期に突入しています。昭和中期に建てられた病院の老朽化、医療システムの変化に合わせ建て替えをせざる負えない状況です。病院の床に貼ってある色分けされたテープに従って進むこともなくなり、天井を這っていた自走台車を目で追うこともなくなるでしょう。

病院には古き良きという言葉より、どんな時でも最新が求められている。働き方改革や効率化により無駄を省いていく傾向も多く見受けられるようになってきました。実際に業務改善会議等では、あれもこれも無くしてこうしていきましょうというような内容も多々ありました。

これからは院内のセキュリティが更に強化され、必要最低限の情報のみのやり取りを行い、スピード、効率化重視の病院が増えてくると予測されます。そうした流れが徐々に、医療従事者と患者さんやその家族との関り方にも変化が生じてきていると感じます。こうした変化のなかで相手への興味や気づきも薄まり、他者への介入も減少傾向になっていくでしょう。

怪異とは「他者との交流」とも読み取れます。だとするならば、今後病院での怪異は減少傾向に向かうのではないでしょうか。

第五章　院外

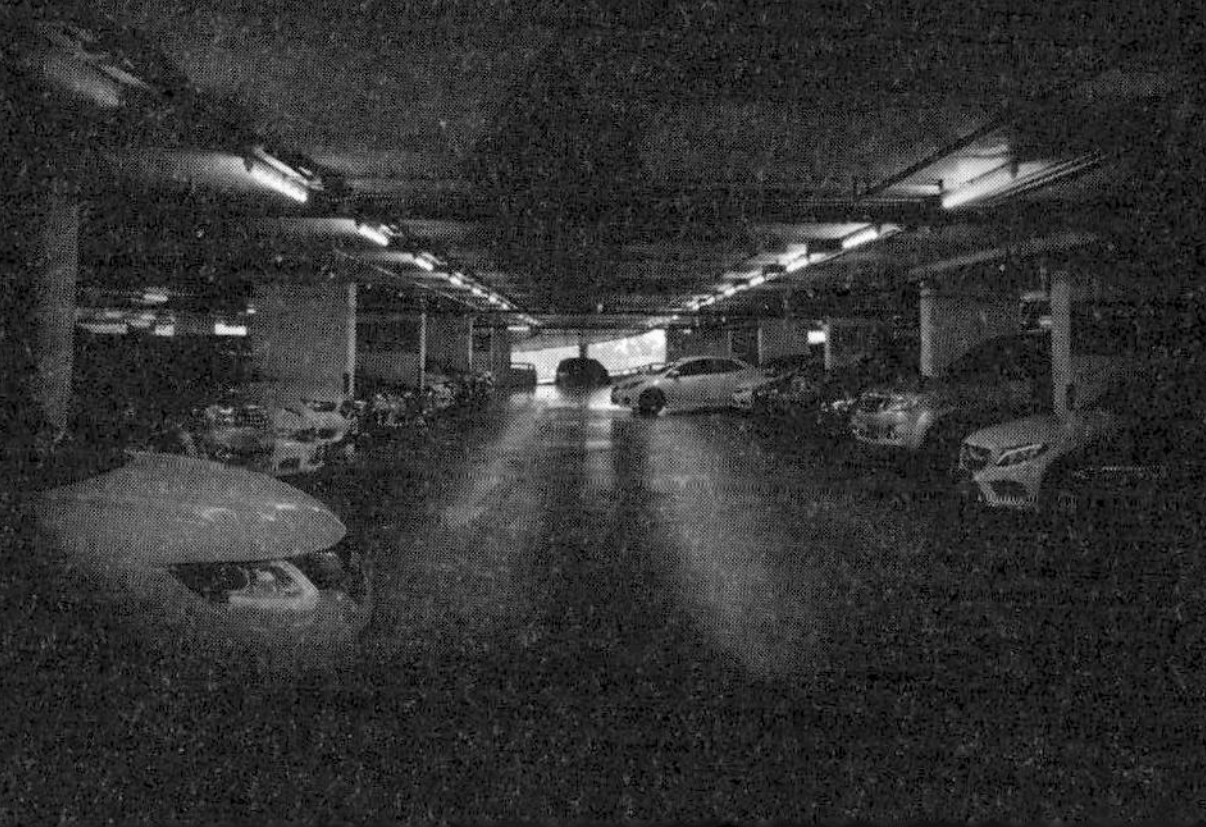

廃病院

私事だが、かれこれ十八年くらい同じ美容院に通っている。担当の野澤さんは五十代半ばでとても肝が据わっている。髪を切ってもらいながら、昔の武勇伝や面白い話を聞かせてもらうのがいつもの流れだ。その話のなかで、

「野澤さん、不思議な体験とかしたことあります?」

野澤さんは髪を切る手を止め、うえを見上げた。

「あ〜、あるよ。あるある」

野澤さんは休みの日になると趣味でドライブに行く。ただ昔はもう一つ楽しみがあった。それはドライブ中に廃墟を見つけては探索をすること。

かれこれ二十年以上前、ドライブに出かけ廃墟を探していた。しかしその日は都合の良い廃墟が見つからず、探している最中道に迷ってしまった。当時はまだガラケーが主流の時代。GPSなどもなく詳しい現在地もわからず、持ってきた地図だけが頼り。ただ、そこは知らない道、地図を広げるも、いまいる場所がわからない。ここからどこに行けばいいのか見当もつかなかった。

このままだと暗くなってしまう。とにかくどこかへ出ようと走り続けていると、少し先に大きな建物が見えてきた。どうやら誰かが住んでいるような雰囲気ではない。徐々に建物に近づいていくと、〇〇病院と縦に大きな看板がでている。そこは三階建ての廃病院だった。

いろいろな廃墟を回ってきて、ずっと行ってみたかった廃病院。すぐに車を脇に寄せ、懐中電灯を片手に入口に向かう。周りに誰も居ないことを確認するとなかへ入っていった。一階には、診察室やレントゲン室、薬がずらっと並んでいる部屋があり、残留物も残っていて充分に楽しめた。奥に階段を見つけて二階へ上がる。そこは入院用のフロアなのか病室が並んでおり、ほかにお風呂やトイレがあるぐらいでとくにこれといって目立つものもない。ただ一階と同様に残留物は多く残されており、ワクワクしながら探索していた。二階もある程度見終わったので、三階へ上るとそれまでの様子が一変した。目の前に広がっていたのはまるで牢屋だった。見通しがよい造りで、階段からフロア全体が見渡せるのだが、目の前に病棟の出入り口と思われる鉄格子でできた扉がある。

（変な作りの病院だな）

扉をくぐり、牢屋のような病室を一つずつ見てまわる。

残念なことに三階は残留物がほとんど残されていなかった。ただ一つだけ、オレンジ色のつなぎのような服が落ちていた。

ひと通り見て回り、そろそろ帰ろうと階段の鉄格子をくぐったそのときだった。

ぎぃいいいいいい……。

後方から、何かが開くような音が聞こえた。

その瞬間ぞっとした。おそらくどこかの病室の扉が開いたと思われる音。

なぜぞっとしたかというと、病室の扉、どこか開いていないかと見て回って、すべて鍵が閉まっているのを自分で確認したばかりだった。

いきなり開くなんてあり得ない。廃病院に誰かが住んでいたのか。

すぐに病院を出ると、車に乗りこみなんとか家路につくことができた。

翌日、仕事を終え家につくと妻が帰りを待っていた。

「昨日のドライブ、どこまで行ったの?」

そう言いながら少し怒っているようだった。

「○○峠ってとこだよ、あ、車汚かった?」

そうじゃないといわんばかりに間髪いれず、

「助手席に誰か乗せた?」 表情が怖い。もちろん一人でドライブに行っている。構わず妻はさらに続ける。

「絶対に誰かと一緒に行ったでしょ。ちょっと一緒に車まで来て」　半ば強制的に車のところまで連れていかれ、妻はおもむろに助手席のドアを開けた。

「この土はなに？　誰かが助手席に乗っていた証拠でしょ？」

そんなはずはないと車内のライトをつけてみると、まるで誰かが一緒に乗って帰ってきたかのようにマットに靴型に土がついている。

「本当だ……」

でも自分は助手席になんて座ってないし、ドライブに行くときはあとにも先にも誰かを乗せたこともない。

ここでちゃんと否定しておかないと勘違いされると思い、妻には何度も否定し、結局自分の靴についた土だと言い張った。


それから一週間ぐらい経ったある晩、夜中にふと目が覚めた。

何やらリビングのほうから物音がする。

ミシ、ミシ、ミシ、ミシ。

妻だと思い、布団を被って寝返りをうつ。目の前には妻が寝ている。

じゃあこの音はいったいなんだ？　泥棒か？

起き上がろうとするも、身体が動かず起き上がれない。そのとき、人生で初めて金縛りにあった。リビングに背を向けている状態のまま、身体がまったく動かない。

ミシ、ミシ、ミシ、ミシ。

男性の歩いているような足音が、隣の部屋から聞こえてくる。

音の正体を確かめたい。身体に力を入れると金縛りが解け、起き上がることができた。

「はぁはぁはぁ……」

汗びっしょりかいている。

「大丈夫?」

横で寝ていると思っていた妻が、心配そうに声をかけてくる。

「こないだドライブから帰ってきてから、様子がおかしいとずっと思ってた。家に帰ってきてもただいまも言わないし、夜中リビングに電気もつけずに座っていたり、何度もシャワーを浴びたり。ねぇあなた、本当に大丈夫?」

真剣な表情から、冗談で言っているわけではないことがうかがえる。

「ちょっとリビング確認してくるから…」

リビングを見に行くも誰もいない、ほかの部屋にも何も異常は見られなかった。

足音は聞き間違いか、夢でも見ていたのだろうか。

寝室に戻ると、眠そうな妻の横に座った。

「それはここ一週間の話だよね。わかった、明日朝一番にお寺へ相談に行こう」

何か言いたそうな妻を尻目に、野澤さんはこう続けた。

「俺さ、この間のドライブから帰ってきた翌日から、ずっと関西に出張へ行ってて家に居なかっただろ？」

妻の表情がみるみる変わっていく。

「確かにそうね。そうだった。じゃああれはいったい誰？　私はこの一週間誰と生活していたの？」

二人とも黙ってしまった。

いま思い出しても、信仰深くもない自分が、なぜお寺に相談しようと頭に浮かんだのか不思議だった。ただ、そのときはお寺に行けば、何か答えが出る気がした。そのまま二人とも寝付けず、リビングで観もしないテレビをつけ時間を潰し、朝になると近くにある大きなお寺へ連絡した。事情を説明すると、

「これから来てもらって大丈夫ですよ」

優しそうなお坊さんの声に安堵し、妻と向かうことにした。駐車場へ向かい車に乗っていこうと思ったが、あんなことのきっかけとなった車に乗ることを妻は絶対に嫌だと聞こ

うとしない。仕方なく大通りまで出ると、タクシーを拾った。お寺に着くとそのまま応接間に通され、出されたお茶を一口飲むと先週のドライブのところから今朝あったことまですべて話した。お坊さんは終始ニコニコしながら頷いて聞いている。

「そうですかそうですか、旦那様も奥様も大変でしたね。じつはいまね、奥様の後ろに男性が視えているんですよ。こうオレンジ色したツナギのようなものをまとっていらっしゃるので、恐らくは旦那様が寄ったその古い病院からついてきたのでしょう。でもその方ね、ものすごく怒っていらっしゃるんですよ」

お坊さんの予想外な回答になんて言っていいかわからなかった。お坊さんは続ける。

「なんでそんなに怒っているのか聞いたら彼こう言っています。〝なんで今日あの車に乗らなかったのか〟と。どうやら彼はお二人があの車に乗るのを待ちわびていたみたいですね」

意味がわからない。勝手に病院へ入ったことを怒っているなら理解はできる。車に乗るかどうかがどんな関係あるのだろうか。

「なぜ車に乗らなかったことを、その人は怒っているのですか?」

我慢できず言葉をはさんだ。するとお坊さんは少し言うのをためらいながら、

「向こうの世界に連れていきたかったみたいですね」

信じてもらえるかなという表情をしながら、お坊さんはニコニコしている。

「どうされますか？　祈祷お受けになられますか？」

そんなわけもわからない男に負けてしまうのは、野澤さんとしても我慢できなかった。

「大丈夫です、帰ります。理由がわかっただけでも十分です。今日はありがとうございました。」

封筒に入れた初穂料を渡しその場をあとにした。

野澤さんはいまも元気に、私の髪を切ってくれている。

たばことコーヒー

約二万人。

日本の年間自殺者数だ。

あまり知られていないが、病院内での自殺も稀にある。退院しても身寄りがない、疾患の痛みに悩まされている、脊髄損傷によって継続的な頭疼に悩まされている、精神疾患で毎日が苦しい方など自殺の原因はさまざまだ。

たとえば点滴を自動的に滴下する機械の電源コードを壁に巻きつけ、電動ベッドを使う。ベルトや麻紐を使い、ベッドの柵にロープのように巻きつけぶらさがる。建物の上から飛び降りる。点滴の接続部を外し出血多量など、例を挙げたらきりがない。


堀さんは九州にある大きな病院で働いている。ある日の夜勤、鈴虫の鳴き声が聞こえはじめた秋のことだった。緊急入院もなく穏やかに巡回を終えると、身支度を軽く済ませ休憩に入った。

この病院で働きだしてもう十年が経とうとしている。病棟は変わっても、夜勤のルーティーンは変わらない。いつも通り、カーディガンを一枚羽織り、コンビニに寄り暖かいコーヒーを購入すると、そのまま病院の外に設置されている隠れた喫煙所へ向かった。院内は禁煙だが、スタッフのために喫煙所が設置されている。

こんな時間に来る人も自分ぐらいだろう。

設置されているコカ・コーラの赤いベンチに腰かけ、コーヒーと煙草で一息つく。そこはあまり街灯もなく薄暗い場所。

明日は何をしようか。そんなことを考えながら一本目を吸い終わろうかとしたとき。

反対側の壁、その暗闇のなかに誰かがうずくまっている。

(あそこに人なんていたかな)

ぼーっと見つめていると、うずくまっていたそれは顔を上げ、おいでおいでと手招きしはじめた。

全身真っ黒で顔は見えない。身体はガリガリに痩せ、骨が突起している。手招きに促されるかのように目の前まで行くと、真っ黒い顔がこちらに向かって微笑んでいる。黄色い歯と特徴のある銀歯が見えた。

「あ、おじいちゃん」

それは一昨年、病気でこの世を去った父方の祖父だった。

「なんでここに……」

――ドスン！

後ろで何か大きなものが落ちた。

振り返ると、座っていた赤いベンチに痙攣《けいれん》しながら血を流している女性の姿があった。

女性の腕には患者さん用のネームタグが見える。

それと同時に、おじいちゃんの姿は消えていた。

もしあのまま、赤いベンチで煙草を吸っていたら、落ちてきた女性に直撃し死ぬところだった。女性は飛び降り自殺だったそうだ。

夜の公園

看護師の石本さんはバイクの単独事故を起こし、入院することになった。怪我自体はぶつけた程度で大したことはなく、様子を見ながら点滴で治療をしていた。二、三日は絶対に安静にとのことでしばらく病室に缶詰状態だった。

「身体が元気なのはわかりますが、トイレ以外は出歩かないでくださいね」

医者からも看護師からも釘を刺されていた。石本さんが看護師という仕事をしていることもその病院には知られていた手前、無茶なことはできなかった。

四日後、ようやく点滴がなくなり自由に歩けるようになった。水を得た魚のように病院内をくまなく歩きまわり、喫煙所がないか探したが、どこにも見当たらなかった。

(喫煙所の場所なんて、看護師には聞けないよな)

タバコなんて絶対ダメだと言われるのが目に見えている。

(駐車場でも探すか)

外に出ると病院の正面玄関前に、木が生い茂っている公園を見つけた。

ここはいい。タバコを吸うにはうってつけだ。

とはいえ昼間は人目が多いので、夜になるのを待った。

消灯十五分前、公園へ向かった。公園にはちゃんとベンチや灯りもあり、木の間を縫うように小道が作られている。こんな時間に誰も来ないだろうとなかに入ると、公園の真中ぐらいにあるベンチに腰を下ろした。ポケットのなかで曲がったタバコをまっすぐに整え、ライターで火をつける。

「すぅぅぅぅ、はぁぁあああああああ」

身体の隅々まで煙を吸い込み、頭をクラクラさせベンチにもたれかかり煙を吐き出す。

「生き返るーー！」

一週間ぶりのタバコは、涙が出そうになるほどおいしかった。頭をクラクラさせながら身体をなぞる秋の夜風がさらに心地よかった。

ふと視線を空から木々に移し気がついた。いつの間にか座っているベンチの右側に、誰か座っている。公園内は木が生い茂っているせいもあり、月の光もそれほど入ってこない。そのせいで誰が座っているのか顔が見えない。ただ服装から見ても患者さんではない。

（わざわざ同じベンチに座らなくてもいいのに）

気まずい空気をあえて出しながら座りなおした。

「わざわざ同じベンチに座らなくてもいいのに」

隣の女性がボソっとそう言ったのが聞こえた。鳥肌がたった。

この人、自分と同じことを考えていたの?

ゆっくり女性のほうを振り向くと、女性はすでにこちらを向いている。ちょうど月灯りが顔にあたり、いままで黒くぼやけていた表情がはっきり見えた。

顔が半分ない。

そのまま怖くて動けなくなってしまった。女性は自分のほうを向きながら、右腕を持ち上げ正面の草むらを指さす。指さされた方向に視線を動かすと、正面にある草むらがゆっくりと風に吹かれ横に揺れている。

その草むらのなかに、まるで地面から生えているかのような無数の手が横に大きく手を振るように動いている。

「なにこれ……」

手はそのまま地面に吸い込まれるように消えていき、隣にいた女性もいなくなっていた。

翌朝、その公園の入口に大きな戦争慰霊碑が立っていることに気がついた。あの晩、見たものは、戦争にまつわる「何か」だったのだろうか。

RX－7

医者と付き合う看護師は少なくはなく、職場結婚も多い。命の現場ならではの一体感がそうさせるのか、人間の心理はわからない。

看護師の角地さんは当時、お付き合いをしていた医者と半同棲の生活を送っていた。

彼の家は某建築会社の二階建てアパート。一階の玄関を開け階段を上る形の角部屋。病院から近いこともあり、夜勤明けで家に帰るのが面倒なときや休み前に通っていた。彼は平日勤務のため時間も合わず、一人過ごすことも多かった。

ベランダに出て二人でタバコを吸うことも多く、正面には駐車場があり、当時彼がお気に入りにしていたRX－7がちょうど真正面に停車してある。

「やっぱりRX－7だよな」

「かっこいいよね～」

ベランダではいつも車の話をすることが多かった。その車が停まっている駐車場のすぐ後ろにフェンスがあり、一軒家の庭の部分に砂利の敷地が広がっている。その敷地の真ん中ぐらいにぽつんと祠《ほこら》のようなものがあり、祠の前には小さい石が積んであった。

「なんだろね、あれ」

「なんだろう、代々守っている何かなのかな」

祠の知識もなく建てられている理由もわからなかった。ただ、毎週日曜日に砂利の敷地を手入れしにくる中年の夫婦がいることはわかっていた。

そんな彼の家に通いだしてから気がついたことがある。寝室で寝ていると、時折ボールを投げながら誰かが階段を上がってくる音が聞こえる。もちろん、階段には誰もいない。

職業柄、理論立てて話をする彼に伝えても「気のせいだ」と返されると思い黙っていた。

それから三か月くらい経ったとき、

（この感じは私だけなのだろうか……）

悩んだ挙句、一緒にお酒を飲みながらテレビを見ているときに思い切って話してみた。

すると彼がいままでにないほど驚いた表情で、

「それ、俺も思ってた！」

思いがけない彼の返答に面をくらってしまい、気まずい空気が流れた。

「なんだろうねー、病院で持って帰ってきた？」

笑いながら返すも彼の真剣な表情は変わらず、解決策を探そうとネットでお互いに調べてみた。背中を叩くといいと書いている記事を見つけ、叩き合いじゃれて話は終わった。

その次の週末、木更津のアウトレットに行くことになり、海ほたるのトンネルをくぐっているときに、またその話になった。彼が病棟でその話をしたら、仲の良い看護師に、

「大島てるに載ってる敷地なんじゃないですか～？　って言われたんだよ」

彼はこの話になると表情が硬くなる。また空気が悪くなっては困ると思い、

「嘘だ～、じゃあ調べてみるよ」

「昭和○○年、火災にて小学生の女の子が焼死」

砂利の土地のところに炎のマークがついている。まさか本当に書いてあると思わずすべて読み上げてしまった。二人で悲鳴あげた瞬間だった。フロントガラスに角地さんの手より、明らかに小さい子どもの手型が二つ。ボンネット側に手の付け根、バックミラーの方向に指先が向いている状態でついているのがトンネルの明かりで見えた。それに気がつきさらに二人で悲鳴をあげ、彼もハンドルを滑らせ慌てて運転を立て直した。

「うそうそ、これはなかからじゃないでしょ！」

確認のために触ると手形が消えた。それは間違いなく、内側からついていた。

RX―7はスポーツカー。だからフロントガラスの傾斜がきつい。なかから手形をつけるなら頑張っても真ん中になる。手形をつけるのは、明らかに無理だ。なのに、ついている。

思わず彼に、

「浮気か！　子ども乗せたんか！」

笑いに変えて話しかけたが、彼は青ざめた表情のまま固まってしまい、

「絶対にない、冗談じゃない。まじか……」

そうつぶやいたあと、しばらくは無言のドライブが続いた。

翌日、朝から彼はベランダでタバコ吸っていた。すると慌てて玄関に降りていき、十分くらい経って勢いよく帰ってくるなり話してくれた。

「隣の手入れしているご夫婦がいたから、話を聞きにいってきたんだ。そしたら、そのご夫婦はこのアパートが建っている敷地の持ち主だったみたいなんだよ。今回、このアパートを建てるために、敷地の一部分を手放したって。昔はここに家が建っていて、火の不始末が原因で火事になって、自分たちの娘さんだけ亡くなってしまった。娘さんはよく庭でボール遊びをしていたんだって。その庭の位置がちょうどここの下だったらしいよ。で、あの祠はその子の供養のために立てて積み石をしているんだって。草が生えたりしている敷地は、可哀そうだから毎週来て綺麗にしているみたいだよ」

実際に聞くとなんだか切なくなり、二人でベランダから祠に向かって手を合わせた。それからはなぜか何も感じなくなったそうだ。

知らない跡地

先日、実家に帰った際、母親がこんなことを言っていた。

「裏の通りの先にあった○○病院覚えてる？　随分前になくなったんだけど、その跡地に何が建ったと思う？　マンションよ、でっかいマンション。あそこに住んでいる人は、その場所に昔病院があったとか知ってるのかしらね。あれだけ人が亡くなってる病院だからね。なんともないのかしら」

もともとその場所に何があったのか、土地の持ち主でなければ知りえない情報だ。人間の記憶というのは不思議なもので、いつも目にしていた建物がなくなってしまうと、もともと何が建っていたのかわからなくなってしまう。


木根くんという医者の友人がいる。これは彼がまだ小学生だったころに体験した話だ。

幼いころから勉強が好きだったわけでもなく、学校が終わるとランドセルを家に投げ込み公園へ行き、夕方五時のチャイムが聞こえるまで友人と遊び、家に帰ってご飯を食べて寝るのが日常だ。母親は仕事で帰りが遅く、父親は無口だが優しかった。一つ上に姉がいるが、話すことはあまりなかった。

夕方、家に帰ると台所のテーブルに、母からの簡単な手書きのメモと夕食が置いてある。それを温め、一人で食べていた。別段寂しくはなく、家族とはこういうものだろうと思っていた。

ある日、お風呂に入り布団に横になると眠りについた。いつもであれば、このまま朝まで目が覚めないのだが、その日は珍しく目が覚めた。時計を見ると夜中の一時。家のなかは静まり返っている。

（トイレにいこう）

部屋の扉を開けると長い廊下が続いており、突き当たりがトイレだ。一歩部屋から出ようとしたときだった。

カラカラカラカラ。

左側にある仏間から、何かを押している白い服を着た女性が出てきたかと思うと、くるりとトイレの方向へ向くと、そのまま扉の奥に消えていってしまった。

母親でも姉でもない、白い服を着た見たこともない女性。

いまのはなんだろうか。

突然の出来事に理解が追いつかない。しかし、この日を境に白い服を着て、何かを運んでいる女性と夜中時折遭遇するようになった。それが看護師で、押しているものが病院でいうストレッチャーだとわかったのは、中学生になったころだった。ただ、不思議と怖くはなかったので、誰にも言わなかった。言ったところで信じてもらえるかわからないのが本音だ。

中学生になると、その女性は頻繁に木根くんの前に現れるようになった。とくに何か悪いことをすると夜中に決まって現れる。当時は若気の至りも相まって、ほぼ毎日のようにやらかしていた。そんな日は決まって夜中にトイレで目が覚める。

ガラガラガラガラ。

もはや見慣れた光景、部屋の前で女性が通り過ぎるのを待つ。するといつもは白い服装の看護師が、まるで上から赤い照明で照らされているかのごとく真っ赤に染まり、横顔も鬼の形相に変わっている。そしてまるで重いものでも運んでいるように、ガラガラとゆっくりとトイレの扉に消えていく。

(もう悪いことはしません。だから許してください)

恐怖に慄《おのの》き、悪いことは絶対しないと心のなかで誓っても、翌日には同じことを繰り返してしまう。何よりも嫌だったのは、赤く染まった看護師が現れる日は決まって、こちらを睨みつけてからトイレに消えていく。まるですべてを見透かされているような、なんとも言えない気持ちで朝を迎える。

（なるべく会わないようにしないと……）

不思議と赤い看護師が出てくるのを避けるように悪いこともしなくなり、持て余した時間を勉強にあてるようになった。学力を維持しながら順調に高校生活を送り、気がつくと医大に進学し、医者の道を歩みだした。

「あの出来事はいったいなんだったのか、大人になってなんとなくわかったんです。親も祖父も医者ではないのですが、曾祖父が町医者をやっていて、曾祖母は看護婦だったんです」

彼曰く、あの家はその昔診療所として使われていた。しかし親の高齢化と場所の不便さ、近隣に大きな病院ができたことで診療所を閉め、建て直しを行い、いまの家が建っている。

「あのとき、夜中に出てきてくれた看護婦さんは曾祖母だったのかもしれません。どうしようもなかった私に、発破をかけに現れてくれた。そんな気がしてならないんです」

彼は大学病院で医者として働き、多くの命を支えている。

蟯虫病院

長野県から手術をしにこられた三好さんという方が幼いころに体験した話だ。

当時彼が住んでいたのは小さな農村。コンビニやスーパーへは町まで行かなくてはならない。近所には蕎麦屋が一軒と酒屋ぐらいしかなかった。そこの村外れに小さな診療所があった。診療所の半分は一軒家みたいになっている。民家の玄関から入り、廊下を隔てて左が診療所、右が住居といった感じで分かれている。そこの玄関から診療所まで長い廊下を歩いていかなくてはいけないのだが、その廊下の壁にいろいろなものが飾ってあった。

蟯虫《ぎょうちゅう》の標本や何かの傷口、やけどの写真。

（……気持ち悪いな）

見慣れない写真や標本は、あまりにリアルで子どもが見てはいけないような感覚にさせられる。だから病院の名前も「蟯虫病院」と、近所の子どもの間で勝手に名前をつけられ呼ばれていた。

ただ、三好さんはそれよりも嫌だったことがある。右側が居住スペースになっていて居間や和室などが廊下を隔てているガラスの扉越しに見える。そこの台所部分によくある等身大の人体模型が置いてある。廊下を歩いている間、こちらをじっと見つめられているような感覚に襲われる。もともと身体が弱かったこともあり、幼いころから病院には頻繁に通っていたが、一向に慣れなかった。

等身大の人体模型など家にあっては邪魔なのだろう、別の場所に置いてあることもある。だからまず病院についてやることは、あの人体模型がどこに置いてあるか確認するところからはじまる。

(今日はどこにあるかな)

廊下を歩きながら観察していると、廊下と部屋を隔てるように続いているガラス扉のすぐ後ろに立っていた。

「うわぁ！」

流石に驚いて声をあげた。ここの医者も趣味が悪い。子どもが驚いた声を聞きながら奥でほくそ笑んでいるのだろう。それは玄関を上がりすぐ右側の奥にトイレがあり、そのトイレの入り口に置いてあったり、気分によって場所が変わっていたりする。高校生ぐらいまで蟯虫病院に通い続けたが、いま思い出しても人体模型で驚いた嫌な思い出のほうが多い。

ほどなくして市内に引っ越すことになり、地元の友人とは連絡を取る回数も少なくなっていった。

時が経ち、当時流行っていたSNSで久しぶりにつながった中学校のメンバーと同窓会をやろうということになった。三好さんはわくわくしながら、同窓会が開かれる日を楽しみにしていた。当日、仕事の都合で遅れて会場に着くと、みんなもういい具合にお酒が入り出来上がっている。

「○○先生って結婚したの知ってる?」

「あそこの蕎麦屋、いまはなくなってコンビニになったんだよ」

そこらじゅうで懐かしい話に花が咲いている。

「そういえば、あの病院、覚えている?」

みんなの顔が一瞬曇った。

「あの蟯虫病院」

「あーあーあー、あそこね!」

堰を切ったように病院の話でもちきりになった。

「飾ってあった蟯虫、本当に気持ちが悪かったよね」

「いやいや、なんかの臓器がホルマリンみたいなの漬けてあってそっちもやばかったよ」

三好さんもそれまでは忘れていたが、一気に思い出し会話に入った。

「私が一番嫌だったのは人体模型だったな。毎回置いてある場所が違うんだもん。先生が子どもを驚かせようとしてるのが見え見えだったよね」

　三好さんの言葉に、みなキョトンとしたままお互い顔を見合わせている。

「人体模型なんて、蟯虫病院にあった？」

「見たことないよ、どこに置いてあったの？」

　蟯虫病院は村にあった唯一の病院。地元のみんながお世話になっている。私以外誰も見たことがないなどあり得るのだろうか。結局その話は結論を迎えないまま、いつの間にか別の話題に切り替わってしまった。

　翌日、同窓会で再会した友人と食事に行き、折角だから噂の蟯虫病院を見に行くことにした。しかし、着いてみると病院はどこにも見当たらない。地図を見ながら確認すると、平地になっていた。

　その後、わかったことが二つある。一つは病院を経営していた医者が、息子と絶縁し継ぐ人間がいなくなったため建て壊したとのこと。この話を聞いて、まず息子がいたことに驚いた。もしいるなら同じ歳くらいのはず。ただ、一度も会ったことがない。

　そしてもう一つがあの人体模型。医者はぶっきらぼうで愛想が悪いが、いたずらをするような感じではない。過去に一度だけ、蟯虫病院のトイレに入ったとき。天井に人体模型が貼りつけられていたことがる。――果たして、そこまでするだろうか。

コラム　院外

ほとんどの病院では勤務中に病院の外にでることはありません。もっというと、勤務中に病院を出ることは基本禁止されているところがほとんどだと思います。病院では何が起こるかわかりません。そのため、勤務中は一人一人にＰＨＳを持たされており、いつどこで鳴っても電話にでることができる環境に身を置いておかなければいけないのです。もし、その日の受け持ち患者さんに何か病状の変化があれば、一番に連絡がきます。これは夜勤中も同様なのです。

院外という聞きなれないワードに、疑問を持った読者も多いと思います。文字通り、病院の外で起こった怪異のことを指しています。病院の敷地内だけにとどまらず、一歩外に出たところにも、医療や福祉に纏わる怪異は数多く存在しているのです。訪問看護・介護の話はまさにその代表格と言えるでしょう。

病院という「場所」に纏わる話が存在しているように、「人」に纏わる怪異が今回の章に当てはまるのではないでしょうか。

改めて、怪異とは何に起因するものなのかを考えさせられます。

第六章　救急外来・ＩＣＵ

オートロックの休憩室

近年建て替わったもしくは新設されたような病院では、セキュリティのため入口でカードキーをもらわないと、病棟に入れないところが増えてきている。もちろん監視カメラは必ずといっていいほど、至るところに設置されている。ただ、スタッフだけが使う部屋の管理は、ドアの鍵からはじまりオートロックで管理しているところが多い印象を受ける。

集中治療室というところは、一番患者さんが亡くなってしまう場所と言っても過言ではないだろう。生と死の境目の部屋、超急性期の状態の危ない患者さんや大きな手術後の患者さんが入室する病棟だからである。

都内にある病院の集中治療室には昔から囁かれている噂があった。『スタッフの休憩室に幽霊が出る』というものだ。それがお婆さんだったり、お爺さんだったり、女性だったりといろいろな幽霊が目撃されている。ある日、看護師の佐藤さんは休憩室で仮眠を取っていると金縛りにあった。身体が動かない、それだけじゃなくて耳がおかしい。耳のなかで音が反響しているような、そんな感じがする。

視界の端に見えているドアの向こうから、

ピ、ピ、ピ、ピ。
ロックを解除する音が聞こえる。

ガチャッ――誰かが入ってくる。扉を凝視していると、ゆっくりとドアが開いていくのが見える。

コツコツコツコツ。

ハイヒールの音。

(誰だこの人……)

病棟にハイヒールを履いている人はいない。患者さんの家族がここまで入ってくるはずもない。ハイヒールの人影は徐々に視界に入り、顔が見えた。

(〇〇さん……)

その人はいままさに入院している患者さんだった。そんなはずはない、なぜなら意識はなく呼吸器を装着しているほど重傷の方。一人で歩けるはずがない。

コツコツコツ――目の前にきてこちらの顔を覗き込む。

「苦しい……」

そう言い残し、消えていった。

それから数時間後、その患者さんは息を引き取られた。

たらい回し

救急車を受け入れる場所を救急外来という。看護師の樽井さんが救急外来に配属されて間もないころの話。

忙しかった毎日が嘘のように静かな夜だった。救急室に座りPCに記録を打ち込んでいると、救急車から緊急連絡が入った。

「これから脳出血疑いの患者さんを搬送してもよろしいでしょうか?」

「お待ちください、確認しますね」

当直医に連絡し、受け入れの許可をもらう。

「大丈夫ですよ、搬送してください。」

「よかった! ありがとうございます! すぐに向かいます!」

すぐに電話が切れた。

(患者さんの状態がよっぽど悪いのかな)

先輩が休憩中で自分しかいないことが少し不安だったが、いつも通り急患を迎える準備を行い到着を待った。

ピーポーピーポーピーポー。

遠くのほうからサイレンが徐々に病院に近づき、救急搬送入口前で音がやんだ。

「………」

誰も入ってこない。いつもであれば入口からストレッチャーに乗せられた急患が救急隊とともに入ってくるはず。外を確認すると救急車さえ止まっていない。ついさっきサイレンの音が聴こえ、病院の前に止まったかと思ったが、聞き間違いだったのだろうか。通り過ぎたはずの救急車がまるですぐ目の前に止まったように聞こえたのだろうか。疲れから幻聴でも聞こえたのか。そのうち来るかもしれないと思い仕事に戻った。

一時間後、救急隊から連絡が入った。

「これから脳出血疑いの患者さんを搬送してもよろしいでしょうか?」

同じ声、同様のしゃべり方。間違いなくさっき電話をくれた救急隊員だ。ひとこと言いたい気持ちをグッと堪《こら》え、

「お待ちください、確認しますね」

当直医に再度確認し、搬送しても大丈夫な旨を伝える。

「よかった！　ありがとうございます！　すぐに向かいます！」

またすぐに電話が切れた。遠くのほうからサイレンが近づいてくる。病院内の敷地に入り、救急搬送入口前で止まった。

「…………」

やはり誰も入ってこない。外に出て確認するが誰もいない。二回もこんなことがあり流石におかしいと思い、休憩から戻ってきた先輩に報告をすると顔色を変えてこう言われた。

「二回目に連絡がきたとき、丁寧に対応したよね?」

「はい。同じように対応しました。おかしいなとは思ったんですけど」

「そう、それならよかった。こんなこと言ってもあまり信じてもらえないかもしれないけど、丁寧に対応してくれてよかったわ。連れていかれてたかもしれないから」

「どういうことですか?」

「あまり大きな声じゃ言えないんだけど。昔ね、ある救急車が患者さんを病院に搬送したかったんだけど、ことごとく断られてね。どこの病院も受け入れてくれなかったことがあったの。いわゆるたらい回しね。原因はその患者さんがブラックリストに載っていたかららしいんだけど、それで仕方なく遠方の病院にどうにか受け入れてもらえることになったのよ。でもね、向かっている途中の高速道路で、トラックと追突事故を起こして助手席に乗っていた救急隊が亡くなってしまったのよ。その事故のあと、東京ルールができて患者さんのたらい回しは少なくなったんだけど、いまでも患者さんを病院へ届けることができなかった救急隊の無念の思いが、こうやって不思議な現象を引き起こしているんじゃないかって言われているの。連れていかれるって言ったのはね、前に同じような現象が起きたとき、救急隊に文句を言って断った看護師がいたの。そしたらその看護師さんね、翌日事故に遭ってそれ以来病院に来なくなっちゃったの。偶然かもしれないけど、私は偶然とは思えないわ。だって、その電話、私も受けたことがあるんだから」

樽井さんは結婚を機に引っ越すことになり、その後はどうなったのかはわからない。

【追記】　一時ニュースにもなってご存知の方も多いかと思います。報道されていたのは氷山の一角で、患者さんを断る理由として当直医が手術中であったり、本当に救急外来が混雑している場合もあるのですが、その日の夜勤で緊急患者を受け入れるノルマを達成した当直医は拒否することもあります。もちろん、患者さんを受け入れ続ける当直医もいます。そんな現状を変えるために登場したのが、東京都が決めた当番制の東京ルールと呼ばれるものです。これはどんな状況であれ、患者を受け入れなくてはならず、いまも適応されています。

海に浮かぶ男性

ドクターヘリは離島や救急車がたどり着けない場所ですぐに治療を必要とする人がいる場合に病院へ搬送する手段などで使用されている。看護師の土井さんはドクターヘリに十年間乗っていた。

ドクターヘリと言っても頻回に呼ばれることはない。時間が空けば院内の病棟にヘルプ看護師として駆り出されることもある。その日も内科病棟にヘルプ要因として出ていた。

そんな矢先、持っていたPHSが鳴りドクターヘリ出動の要請の連絡が入った。少し離れた離島に向かうことになったため、患者さんの大まかな情報を確認し荷物を準備する。

ドクターと合流し、状況を確認した上ですぐに離陸し現場へ向かった。ヘリコプターには何度乗っても、高度が安定するまで気分が優れない。

（気持ち悪い……）

雲一つない秋晴れの空が広がっている。この景色だけが唯一のご褒美だった。何気なく視線を下におろすと広大な海が広がっている。

何か浮いている。

大海原に見慣れないものが浮いている。

(人——?)

ただ周りに船の残骸など、それらしきものは一切見当たらない。どこからか流されてきてしまったのだろうか。

「おーい、おーい!」

こちらに向かって大きく手を振っている。

「人が……海の上に」

います! ——と、言葉が喉まで出かかって言うのをやめた。それはまるで水球選手のように、腰から上を海上に出し浮いている。さらに確実に声も聞こえた。ヘリはプロペラの音がものすごく煩いため、ヘッドホンとマイクをつけないと目の前に居ても会話がほぼ成立しない。ましてや海に浮かんでいる人の声なんて、ここまで届くはずがなかった。

「おーい、おーい!」

いまも聞こえる。それは聞き覚えのある声だった。

「土井さん、患者さんの既往歴教えてくれる?」

ドクターに話しかけられ視線をずらすと、声は聞こえなくなり、気がつくと海に浮かぶ人影も見えなくなっていた。島のヘリポートに到着し、すぐに患者さんをヘリに乗せ、都心の大きな病院へと出発した。バタバタした日勤も終わり、院内にあるコンビニで夕飯を買うと自宅に帰った。疲れていたのかすぐ睡魔に襲われ、着替えることもなく眠りについた。

そして、夢を見た。知らない島から自宅に帰ろうと船に乗る。沖にでたくらいのところで船が突然消滅し、海に放り出される。助けを呼ぼうと空を見上げていると、遠くの空からヘリが近づいてくる。

「おーい、おーい!」

自分は手を振りながら叫ぶ。ヘリには自分が乗っていて、こちらを見ている。

(なんで自分が乗っているのだろう?)

海からヘリまではかなりの距離がある。普通では誰が乗っているのかなど見えない距離のはず。そのヘリに乗っている自分の背中に、顔面蒼白の女性が両手でしがみついているのがハッキリ見えた。その顔面蒼白の女性は、以前お付き合いをしていた女性だった。

「ろくな別れ方をしなかったからね。恨まれて当然かもね」

土井さんはいまも、毎晩のように夜の街に遊びに出ている。

面長の男

看護師の桑山さんは神奈川県にある訪問看護ステーションで働いている。もともと病院に長く勤めていた経験もあり、職場では困ったら桑山さんに相談するようにとスタッフの誰もが口にするほどだった。この話は桑山さんが病院で勤務していたときに体験した出来事だ。

配属先が救急室ということもあり、毎日忙しく働いていた。ある日、救急患者受付にメガネをかけた中学生の男子がやってきた。

「今日はどうしました?」

優しく話しかける桑山さんに対し、言いづらそうに答える。

「じつは、肩を、脱臼しちゃって…」

痛そうに肩を押さえている。その押さえている左腕にも痣ができている。

「その痣はどうしたの?」

「……いや、別に」

(何か隠している?)

こういう場合は親からの虐待や、もしくは学校でいじめを受けている可能性がある。「ちゃんと理由を言ってくれないと、児童相談所に連絡しないといけなくなっちゃうのよ」

「……わかりました」

思いつめた表情のまま、彼は重い口を開いた。じつは数週間前から妙な夢を見るようになった。気がつくと見たこともない古い病室のベッドの上で寝ている。天井にはカーテンのレール跡が見え、壁や床などが木造でできている。ベッドもだいぶ古い形をしていて、シーツさえかかっておらずベッドのスプリングがむき出しになっている。天井に蛍光灯を設置する枠は残っているが、蛍光灯がはまっておらず室内は真っ暗。月光だけが窓から差し込んでいて、静まりかえっている。

カツン…カツン、カツン……カツン。

異様なリズムの足音が、廊下の向こう側から聞こえてくる。足音は部屋のドア前で止まった。ドアをじっと見つめると、ノブがガチャっと回ったところで夢から目が覚める。なんの脈絡もないただの夢、最初は気にも留めなかった。しばらくするとまた同じ夢を見た。木造の病室、消えている灯り。古びたベッドの上で寝ている。

カツン…カツン、カツン……カツン。

不規則な足音が部屋の前で止まる。入口をじっと見ているとドアノブがガチャッと回る。

きぃいいいいい。

木製のドア独特の音を立てて開く。と思うと目が覚めた。前回の夢の続きを見ていると思った。気持ち悪い夢だけど妙に気になる。しばらくするとまた同じ夢を見た。

カツン…カツン、カツン……カツン。

ガチャ、ぎぃいいいいい。

音を立てて木製のドアが開く。見るとドアの向こうには誰もいない、それどころか真っ暗な闇に覆われていて先が見えない。気がつくとベッドの脇に立っていて、ドアのほうに歩きはじめる。

(そっちに行きたくない)

気持ちとは裏腹に、足が勝手にドアのほうに向かっている。ドアの目の前までいき、闇のなかを覗いたところで目が覚めた。

(もし次も同じ夢を見たら、僕は死ぬかもしれない)

じつは最後に暗闇のなかを覗いたとき、見たこともない面長の男が目の前にいた。

打つ手はなく、どうしようもなくなり父親に相談した。

「明日、お墓参り行っておいで」

話を聞いた父親はそれだけ言い、仕事に向かうため家を出ていった。その日の学校帰りに電車を乗り継ぎ、お墓参りに向かった。一人で行くのは初めてだったが、父親から住所を聞いていたため難なくたどり着き、ご先祖様に手を合わせた。翌日、あの夢の続きを見た。古い病室でベッドに横になっている、カツン、カツンと足音が聞こえ、ギィィィと音を立ててドアが開く、気がつくと開いたドアの前に自分が立っていて、暗闇のなかを覗き込んでいる。すると目の前に無表情な面長の男の顔が現れる。その男は松葉杖をついていて、よく見ると左足がない。足音が不規則だった理由がわかった。

男は突然左腕をガッと掴み、暗闇のなかに引きずりこもうとする。抵抗もむなしくどんどん暗闇のなかに引っ張られていく。力が入らない。すると今度は逆の右腕を誰かが掴んだ。その手はドアのほうに戻そうと引っ張ってくれている。振り返ると亡くなった祖父がいた。

(おじいちゃんが助けに来てくれた)

いままで無表情だった面長の男が、悲しそうな表情を浮かべたかと思うと闇のなかに消えていった。それが今朝の出来事だという。

「朝、左肩に痛みを感じて病院に来たんです。この右腕の痣もそのときにできました」

桑山さんはなんとも言えない気持ちで診察室へ案内した。

コラム

救急外来・ICU

救急外来に行ったことがない人というのは、とても幸運な人なのではないでしょうか。前額部負傷二回、尿管結石、右足小指骨折の計四回。これは私が過去に救急外来にお世話になった内容と回数です。

通常病院の救急車が止まるスペースの目の前に救急外来が設置されています。動線や患者さんを不安にさせないためメインロビーの入口とは別の場所に作られていて、スタッフの通用口になっていることもあります。仕事が終わると救急外来の受付を横目に自宅へ向かうのですが、救急外来受付のベンチには、急な発熱でうなだれている患者さんや心配そうに処置室を見守る家族の姿を何度も見てきました。そのたびに自身の仕事の重さを実感していました。

救急外来は、毎日多くの患者さんが訪れさまざまな病状に直面します。そこでは重体の患者さんが搬送されたり、突発的な事故による負傷者が運ばれたりと対応内容は多岐にわたります。このような緊迫した状態が重なるなかで、医療従事者は冷静さを保つよう努めます。しかしその裏で起こる出来事が、時にこういった不思議な話になることがあります。それは極限のストレス状況下での精神的な影響や、長時間の仕事による疲労が引き起こす幻覚なのかもしれません。

ＩＣＵ（集中治療室）は、手術後の患者さんや重症患者さんが入院する特別な場所です。一般病棟では、日勤帯において一人の看護師が約四名～七名の患者さんを受け持ちますが、ＩＣＵでは通常、一対一または二対一の看護体制となり、看護師は常に患者さんの状態に目を光らせ、変化を見守っています。この特異な環境は生死の境目にもっとも近く、常に緊張感が漂っています。

私が見聞きした怪談の中で、ＩＣＵに現れる座敷童の話があります。この話では、ＩＣＵの入口付近に立つ子どもを目撃した患者さんは必ず回復に向かうというのです。緊張感のある現場だからこそ、短いながらもこの話は私の記憶に深く根を下ろしています。

救急外来やＩＣＵは、医療従事者を含むすべての人にとって命の重さを強く感じる特別な場所であり、そこにまつわる怪談や不思議な話は、その感覚を深いめてくれるものだと私は感じています。

ともあれ、皆さんが健康で元気に過ごし病院に縁のないことを願っています。

最終章　小児科病棟

死んでもなお

知念さんは小児科病棟で働いている。そこに小学生のBくんが入院してきた。絶対安静が必要というわけでも重篤な病状というわけでもないため、日中はプレイルームで遊び夜はぐっすり眠ることができていた。ある日の夜中一時ごろ、Bくんの部屋から声が聞こえてきた。

「へー、そうなんだ。あははは」

こんな時間にだれと会話をしているんだろうか。

家族でも来ているのか。

小児病棟の出入口はオートロックになっており、看護師の許可なく入ることはできない。

病室に入ると暗いなか、Bくんは仰向けになっている。

「眠れないの？」

「いまね、お姉さんが来てるんだ」

「え、どこに？」

「そこ」

と指さしたのは天井だった。電気をつけて確認するが、もちろん誰もいない。夢でも見たのだろうと思ったが、こういった場合頭ごなしに否定してはいけない。

「じゃあまたそのお姉さんが来たら、看護師さんのこと呼んでもらっていい?」

「うん、わかった!」

素直な返事に可愛いなと思いながら仕事に戻った。それからナースコールで呼ばれることもなく、担当も違うため、朝Bくんと会話をするタイミングはなかった。夜勤が終わり、翌日病院に出勤すると、Bくんが怒っている。

「こないだナースコールを押しても来てくれなかったじゃん」

「え? 押してくれたの?」

そんなはずはない。あれ以降ナースコールは鳴っていなかったはず。それなのにBくんは何度も押したという。

ということは、お姉さんが来たということなのか。

「お姉さんが来たの?」

「来たよ。だから呼んだのに」

「そのお姉さんはどんなお顔しているの? 看護師さんも知っている人?」

「うん。だって看護師さんと同じ格好してるから。一緒にいるときもあるよ。でもそのお姉さん、お顔が半分ないんだ」

「お顔が半分ないってどういうこと?」

「お顔が半分ないの。ここからないの」

言葉が出なかった。ただその表情から怖がっていないということは、もしかしたらそういったものに普段から遭遇しているかもしれない。

それからしばらくして、昔この病棟で仕事熱心な若い看護師が交通事故で亡くなったことがあることを知った。

「ひどい事故だったのよ」

看護師長の悲しそうな顔を見るのは、そのときが最初で最後だった。

真夜中の訪問者

看護師の加藤さんが小学校四年生のとき、中耳炎を患い手術目的で入院することになった。都内でも割と大きい病院の小児科病棟。鼻以外身体は元気なので、病院ではいつも看護師さんに怒られるようなことばかりしていた。さらに病棟で友だちもできたことで入院生活が俄然楽しくなった。学校には行かなくていい、時間があれば遊んでいい。十時と十五時時にはオヤツもでる。こんなに楽しい場所はないと思った。

検査もあらかた終わり、いよいよ手術の日程が決まると、子どもながらも不安が募る。消灯後、蒸し暑かったこともありなかなか寝付けなかった。周りの子どもたちはとうに眠っており、寝息が微かに聞こえてくる。

ペタペタペタペタ。

裸足で廊下を歩いている足音が聞こえる。足音はプレイルームの前を通りすぎ、トイレの前、ナースステーション、隣の病室とこちらに向かってきている感じがした。廊下側の壁はガラス張りになっているが、足音は聞こえるが姿は見えない。足音はどんどん進み、病室のなかに入ってくると自分のベッドの前で止まった。

「ひろきくん、遊ぼ」

下の名前を呼ばれ、周りを見渡したが誰もいない。ふと視線を落とすとベッドの柵を誰かが掴んでいる。

「ひろきくん、遊ぼ」

下からひょっこりと女の子が現れた。

「いいよ」

柵ごしにオモチャを手渡した。しばらく遊んでいると看護師がやってきた。

「ひろきくん、早く寝なさいね～」

そう言いながら忙しそうに去っていく。

「うん、もうちょっとしたら寝る」

その女の子と何をどう遊んだかは覚えていない。朝、目が覚めると自分のおもちゃが床に転がっている。

(あの女の子はだれなんだろう、また遊びたいな)

加藤くんの願いが叶ったのか、女の子は毎晩遊びに来るようになり夜がくるのが楽しみになっていった。日中はほかの子と遊んで、夜はその女の子と遊ぶ。そうこうしているうちにあっという間に手術前日を迎えた。

「ひろきくん、遊ぼ」

消灯後の暗い病室。女の子が柵の下からこちらを覗いている。

トイレに行きたいと思いナースコールを探していると、女の子は何も言わず加藤さんの手を握りしめ、何も言わずこちらをじっと見つめている。

「離してよ」

手を振り払うと、

「ひろきちゃん？」

顔を上げると看護師がベッドサイドに立っていた。

翌日無事手術を終え退院すると、そんなことがあったのもすっかり忘れていた。

それから五年後、家族と当時の話になった。加藤さんは女の子のことを思い出し、家族に話した。ニコニコしていた母親が急に真面目な顔になり、

「それは本当？　どんな子だった？」

「えっと、見た目はこうで、着ている服はこんなで……」

家族に説明しながらいろいろおかしいことに自分でも気づきはじめた。病院なのに普通の服を着ていたこと、あんな時間に一人で遊びに来ていいはずはない、髪型もオカッパで服装も昔っぽい感じがした。手術当日も、病棟の廊下から見送ってくれて、手術室へ行く

エレベーター内も一緒についてきてくれて、手術室に入るときも部屋のすみから笑顔で手を振ってくれた。

（あれは誰だったんだろう？）

説明しながら言葉が出なくなっていった。母親は、

「あなたが見た人って、この人？」

そう言いながら一枚の古い写真を出してきた。それはまさしく、あの女の子だった。あのときとまったく同じ服装で、見覚えのある笑顔で映っている。

「この子はね、お母さんのお姉さんなの」

母親は目に涙を溜めながらそう言った。

（不安で一杯だった妹の子どもを、支えに来てくれたんだな）

加藤さんはその日、初めて仏壇に手を合わせた。

アンパンマンみたい

看護師の前田さんは小児科病棟で働いている。

「ねぇねぇ、私も寝る前にアンパンマンみたい」

手術のため入院している患児にこんなことを言われた。

「夜はだめだよ、寝る時間だもの」

「みたい！」

点滴のついてないほうの手をバタバタさせる可愛い仕草に癒される。でも夜八時以降はベッドに戻るのが病棟のルール。それにテレビはプレイルームにしか設置されていない。

「そんな時間に誰も観てないよ～」

「誰か観てるよ！　だってアンパンマン聞こえるもん！」

その病室からプレイルームまでは病室二つぶん離れている。もし夜中に誰かがテレビをつけたら、音が聞こえるのは間違えてはいない。でも、そんな時間に一人でフラフラしている子もいないし、何よりナースステーションの目の前にプレイルームがあるので誰か居たら気がつくはず。まして夜中にテレビの音なんて聞いたこともない。

（見たいだけなんだろうな）

次に隣の病室に行くと、そこの患児にも同じことを言われる。

「アンパンマンみたい……」

この子にも聞こえているのか。ほかの看護師に誰かアンパンマンを見ている子はいないか確認したがいないどころか、そんな音を聞いたこともないという。

「そういえばCさんも同じようなこと言ってたな」

先輩がぽつりとつぶやいた。Cさんというのは、持病が見つかり治療のため半年前に退職された先輩看護師。結局何も解決しないまま勤務終了となった。

それから一週間後のある夜勤のこと、パチンという乾いた音がプレイルームから聞こえた。

「…うだ♪　うれしいんだ生きる喜び♪　たとえ、胸の傷が痛んでも～♪」

アンパンマンの歌。

（やっぱり誰か見てるんだ！）

急ぎ足でプレイルームに向かうとテレビがついていて、アンパンマンが流れている。そのテレビの前には、みたこともない患児が座っている。

「そうだ♪　うれしいんだ生きる喜び♪　たとえ、胸の傷が痛んでも～♪」

この部分だけをずっと繰り返している。テレビの前に座っていた患児が振り返りニコッと笑い立ちあがった。その姿に悲鳴をあげそうになった。

全身緑色。顔はアンパンマンみたいにむくんでいる。その子はこちらに向かって走ってきたかと思うと足元でスゥと消えていったと同時にテレビも消えた。

（なんだこれ……）

一週間後、前田さんは病気が見つかり病院を退職することになった。病気を抱えていることを、あの子どもが教えてくれたのではないか。もしかすると、Ｃさんもあの子どもを見たのかもしれない。

四つん這い

看護師の厚木さんは流行り病で人手不足になった小児科病棟で、一時的に勤務することになった。本来の半分しかいないスタッフ、バタバタする病棟、鳴りやまないナースコール。毎日がてんてこまいだった。

そんななか、その日最初に取ったナースコール。個室に入院している男の子の部屋から鳴っていた。病室に入ると患児はベッドの下に隠れている。

「そんなところでなにやってるの？」

「隠れてるの」

「誰から隠れているの？」

「先生だよ」

「そうか、先生か。怖いの？　なにかあったらまた呼んでね」

そんなやり取りのあと退室し、三回目にナースコールで呼ばれたとき、ベッドの下に四つん這いになって隠れている男の子を見て思った。

（あ、これ生きている子じゃない）

最初は光の加減かと思ったがそうではない。その子は全身が真っ青に染まり白目がない。こんな子ども、居るわけがない。

部屋の外にある名札を改めて確認すると、名前が書いていない。要するに空室なのだ。厚木さんはその部屋からナースコールが鳴っても行かないようにした。というか、ほかの看護師にはそのナースコールが聞こえてないようだった。

それから数日後、その部屋に別の子どもが入院することになった。その子は元気に退院していったが、その間、ベッドの下には青い子どもが四つん這いの状態のまま厚木さんのことを見上げていた。

呼吸器疾患

もう何年か前、看護師の有馬さんは先輩看護師二人とナースエイド（看護補助者）の四人で夜勤をしていた。その病院は救急搬送も受け入れている二次救急病院の病院だ。有馬さんの病棟は内科と小児科の混合病棟で、その日小児科を担当するのは自分だけという采配のなか勤務していた。

内科小児科問わず救急搬送されてきたその流れで、緊急入院になる人の受け入れや、鳴りやまないナースコールの対応に追われ病棟全体がバタバタとしていた。日付が変わる手前頃、認知症で昼夜逆転して眠れない患者さんたちがようやく眠りにつき、ナースコールも鳴り止み、夜勤メンバーでパパっと食事休憩に入った。有馬さんは忙しい山場を乗り切り、少しの達成感を感じながら安堵していた。

交代で仮眠を取りはじめるもっとも落ち着いた時間帯になり、深夜二時の見回りのため担当の病室を回っていた。

一つ一つ病室のドアを開け、入院患児の状態と点滴のチェックをしていく。肺炎で入院しているH君の部屋に入ると、コンコンコンコンと咳をしている。肺炎により呼吸が苦しく、横になって眠ることができずにいたH君は母親と一緒にベッドに腰をかけて座っている状態だった。眠れずにいたH君とその母親に労いの声をかけようと近寄ると母親は会釈をしてくれ、H君も気づき一言二言会話をした。

ふと、H君が病室のドアのほうに目をやり、

「いま、だれが入ってきたの？」

時計の秒針が大きく聞こえるほど静寂な時間のなか、空気が凍りつく感じがした。

「え？　こんな時間に誰も来るはずなんてないけれど」

有馬さんも母親も、H君の眺めるドアの方向に目をやる。

「……」

そこには誰もいないし、誰かが入ってくる様子もない。

「誰か入ってきてる、お爺さん？　こっちに歩いてくるよ！」

「誰もいないでしょ、怖いこと言わないで！」

H君の母親も疲れているのか口調が強くなっている。

母親を労い、H君が見えたということを否定も肯定もしないように対応する。

「何か見えたんだね。でもいま、看護師さんには見えないよ。さあさあ、咳が落ち着いたならゆっくり休もうね」

そう声をかけ退室した。入院患児はほかにもいるため巡回を続け三十～四十分経ったころ。担当病室の見回りを終え、詰所に戻ったときだった。先輩たちがざわついている。管理している患者さんの心電図モニターの異常を知らせるアラーム音がけたたましく鳴り響いている。先輩看護師が当直の医師に電話連絡しているのが見えた。

患者さんの急変だ。どうやら内科に肺炎で入院している、八十歳代男性患者さんの容体が急変したとのこと。医師の指示を受け、皆で手分けして迅速に急変時の対応を行う。家族の意向で積極的な治療を望まないという方だったので、患者さんの意向に沿う形で血圧を上げる昇圧剤と酸素投与のみ行い、家族が到着すると同時にご逝去された。

H君に見えていたのは、同じ病気で同じ病棟に入院していた、このお爺さんだったのだろうか。

白血病と天使

三年前、白血病と闘いながらも明るさを失わなかった五歳の女の子が、血液内科病棟で静かにその短い生涯の幕を閉じた。

彼女は治療を受けるだけでなく、同じ病棟で闘病する患者さんたちにとって、大きな希望と癒しの存在だった。その愛らしい笑顔や、みんなを励ます言葉は、医師や看護師、そしてほかの患者さんたちを何度も勇気づけていた。

それゆえに、彼女の死は多くの人々に深い悲しみをもたらした。とくに彼女を「天使のようだ」と愛していた病棟のスタッフたちは、大きな喪失感に打ちひしがれた。

彼女の死後、とくに親しくしていた患者さんのなかには、悲しみのあまり元気を失い、治療への意欲をなくしてしまう人もいた。しかしある日その患者さんが不思議な体験をした。

「あの子が夢に出てきて、『頑張れ』って言ってくれたんだ」

その言葉がきっかけとなり、患者さんは治療に前向きな気持ちを取り戻し、時間をかけて回復し、最終的には退院に至った。この話はそれだけでは終わらない。その後も病棟の患者さんやスタッフの間で、似たような体験をする人が現れた。

とくに印象的だったのは、彼女が亡くなったあとに新しく入院した患者さんたちのなかにも、

「小さな女の子が『頑張れ』って励ましてくれた」

彼女のことを直接知らない患者さんだった。

「彼女の励ましの言葉を聞いた患者さんたちは、みんな回復に向かっていくんです」

と、病棟のある看護師は語る。それは偶然とも言えるが病棟ではいまでも、

「彼女が見守ってくれている」

そう信じる声が絶えない。患者さんやスタッフの間ではこの出来事を「小さな奇跡」として語り継いでおり、病棟全体に温かい空気を運んでいる。

彼女の愛らしい笑顔と優しい言葉は、血液内科病棟のなかで小さな天使として、いまも静かに生き続けているのかもしれない。

コラム　小児病棟

看護学校の実習で、初めて小児の患児ちゃんを受け持ったときのことは、いまでも昨日のことのように鮮明に覚えています。

ドキドキしながら小児科病棟を訪れた私の目に飛び込んできたのは、ちょうど病棟から出てきた一人の女の子でした。全身にむくみがあり、どこかつらそうな様子が印象的でした。その女の子は、生まれつき腎臓に病気を抱えており、老廃物を体外にうまく排出できない状態でした。成長とともに手術に耐えられる体になり、お母さんから腎臓の提供を受けるため、移植手術に行くところだったのです。

まさか自分がその子の担当になるとは思ってもいませんでしたが、手術を終えて病棟に戻ってきた彼女の姿には、目を見張るものがありました。みるみるうちにむくみが引き、傷の状態も良好で、驚くほどのスピードで回復していったのです。

子どもたちの持つ回復力と適応力に驚きました。これは私にとって、看護の必要性を改めて感じさせてくれた、かけがえのない貴重な経験となりました。小児科病棟は慣れない環境の中、子どもたちや親たちが不安を抱える特別な空間だと思います。そこには様々な年齢の子どもたちが入院していて、病気で苦しむ姿を数多く目にしてきました。しかし、小児科病棟の空気は一般病棟に比べるととても明るく、活気に満ち溢れているのです。笑い声や鳴き声、まるで保育園や学校のような雰囲気とエネルギーが漂っています。純粋な子どもたちは自分が苦しい状態にあったとしても、悲観することなく、どうすれば楽しく過ごせるか、遊べるかを模索しています。我々医療従事者もその姿にしばしば勇気づけられてきました。

ではなぜ、回復に向かう子供たちが多いなか、小児科病棟での怪異は多く証言されているのでしょうか。難病の子供を除けば、子どもの生存率（退院率）は極めて高い。理由の一つとして身体が急激に成長しているため、年齢とともに寛解していくパターンが多いのです。よく怪異が起こりやすい雰囲気として暗く、陰湿で心が疲れている状況が多いと言われている中、小児病棟は全くの正反対と言える環境です。

これは私の主観ですが、恐らく、子どもたちの想像力はとても豊かで、時に現実と非現実の境界を越えてしまうことが多いのではないでしょうか。我々医療従事者もそういった子どもたちの純粋なエネルギーに影響を受け、境界を越えてしまうことがあるような気がします。ともあれ、世界中の子供たちが一切の病気に罹らず、元気に過ごせることを願うばかりです。

あとがき

本書を手に取っていただき、ありがとうございます。

『病院怪談　現役看護師の怖い話』は、病院という特異な空間で実際に起きた、不思議で少し怖い出来事を現役の看護師の視点から綴った一冊です。

病院は、単なる医療の場ではありません。そこには、人々の想いや人生が交差し、喜び、怒り、悲しみといったさまざまな感情が入り混じっています。その複雑でいびつな空間だからこそ、ふだんは見えないものが姿を現し、聞こえないはずの声が届くことがあるのかもしれません。

本書が、そんな不可思議な世界を垣間見る手助けとなれば幸いです。

宜月裕斗

★読者アンケートのお願い

本書のご感想をお寄せください。アンケートをお寄せいただきました方から抽選で5名様に図書カードを差し上げます。
（締切：2025年５月30日まで）

応募フォームはこちら

病院怪談　現役看護師の怖い話

2025年５月７日　初版第1刷発行

著者……宜月裕斗
デザイン・DTP……荻窪裕司（design clopper）

発行所……株式会社 竹書房
〒102-0075　東京都千代田区三番町８－１　三番町東急ビル６F
email：info@takeshobo.co.jp
https：//www.takeshobo.co.jp
印刷所……中央精版印刷株式会社